# 歡迎光臨我的孤獨

丁敏仙 정민선

제 고독에 초대합니다

黃千真 譯

# 目錄

提醒

本小說以紀錄片形式撰寫，

為了幫助理解故事，建議先行閱讀登場人物介紹。

# 登場人物介紹

紀錄片中的暱稱：A

楊恩秀　女　33歲　出版社編輯

#才不相信什麼愛情，能守護我的人就只有我自己。

自得其樂的達人，自由自在的靈魂，但卻是個徹頭徹尾的模範生。在媽媽眼中雖然只是個嫁不出去的冤家老處女，但她是下定決心要當個自發性單身女兼YOLO族[1]，要過著一輩子旅行，只談戀愛的生活，在被那該死的傢伙扯後腿之前是這樣想的。因為從高一開始交往十五年的初戀那超乎想像的背叛而崩潰的A，只剩下一起住的貓咪和菜田裡的蔬菜而已了，不管是男人或愛情都不需要了。雖然每天洗腦

[1] 源自英文You Only Live Once，意指人生只活一次所以要及時行樂。

自己「我一點也不弱」、「我一個人也可以很堅強」但其實非常孤單，也很想依靠其他人。

紀錄片中的暱稱：B

池宣皓　男　32歲　大企業科長

#是世界上沒東西可信了才要相信女人？那不如當個獨居老人吧。

外型出眾，學識淵博，甚至連人品都很優秀。歷經大學時期校園情侶轟轟烈烈的戀愛後踏入婚姻，但幸福也只是一時的，在蜜月旅行途中得知了老婆的雙面生活。如果有所謂的幸運，那這就是幸運吧？幸好在登記結婚前就分手了，至少在文件上是乾乾淨淨的未婚。他在這之後就與世隔絕，作為工作狂活著。為了活下來開始冥想，也找回了平常心。但竟然出現了可以動搖他心情的A，或許是因為彼此有著相似的傷痛？這個女人老是讓他在意。

紀錄片中的暱稱：C

高淑子　女　26歲　飾品設計師

#真沒料到我的人生會這麼錯綜複雜，但我是不會屈服的！

表面上看來，她過著無可挑剔、讓人羨慕的生活。

但若深入了解，就會發現她歷經風風雨雨，山戰、水戰，連空戰都打過，早已是個什麼事都難以撼動的「人生滿等玩家」。也不曉得是什麼原因，她動不動就在跑步，跑跑步機、也跑漢江，或許她以為這是能守護自己的掙扎吧。某天起，她跑著跑著還開始撿垃圾了，用專有名詞來說的話就是「環保慢跑Plogging」，她只有在跑步時才覺得自己還活著，雖然與N意料之外的重逢而被動搖了，但她沒有閃躲，而是正面對決。

紀錄片中的暱稱：D

李書俊　男　42歲　編劇志願生

#雖然我很弱小但我只是暫時隱遁，我比任何人都想跟這個世界交流！

曾是個備受期待的小說家，觀察力驚人，也能快速判斷情勢，理解能力極高。雖然只出版過一本書，但人人都稱讚他是天才，但那必須回報眾人期待的壓力卻讓他墜落，在不認識他的人眼中，他就是不上不下。省吃儉用地使用版稅，以最低生活費勉強維生，有時特別懶散，但有時又會近乎瘋狂地投入寫作。隨著獨處的時間拉長，他忘記該怎麼笑，也變得冷漠，是個忘記怎麼翱翔的厄運天才。

紀錄片中的暱稱：N

金汝珍　女　26歲　社群網紅

#我只想當個社群平台上的女神，現實見面總讓我覺得彆扭。

不算金湯匙，但差不多也有銀湯匙的程度，對人們爭吵感到厭煩的零共情者。反正社群平台上已經有這麼多人追隨我，那真正的人際關係到底有何必要？這很囉嗦又很煩人！你問我為什麼要同意加入群組嗎？因為看起來很有趣啊，僅此而已。我謝絕任何的真摯，講好聽一點是自由奔放，講難聽一點就是個隨心所欲的Z世代。但這些人卻老是讓我在意跟感到不自在，這出生以來第一次感受到的陌生情緒到底是什麼？包著猶如年輪蛋糕，好幾層防護網的女人，N究竟藏著什麼過去？

紀錄片中的暱稱：G

車民宰　男　50歲

#其實我是因為寂寞才這樣，我已經到了怕會孤死的年紀了。

蒙著層層面紗的人物，從小就對所謂的人心感到好奇，為什麼爸爸只要喝酒就對媽媽施暴？這就算了，那為什麼媽媽又是無法跟爸爸分手？只顧著讀書的他隨著時光流逝也年過半百了，把身邊的單身人士當作朋友，一起分享興趣，過得也不孤單，但在因為兇猛的流感發燒超過四十度那天，他突然感到恐懼。要是這樣死掉了，要過多久才會有人發現他的屍體？甚至就連那個三十年知己，他以為會是永遠的同胞的女性好友也突然結婚了，那他現在該把自己的心放在哪裡呢？

組長

周恩荷　女　50歲　出版社編輯、頂客族

是A的上司，G的大學同學，和G是認識非常久的異性好友。她雖然知道G對她的心意，但卻錯過了時機，她也跟其他人晚婚了。也因為是晚婚，打從一開始就不期待能有小孩，她只是想找一個人生伴侶，過著安靜平和的生活，但結婚反而讓人變得更加孤寂了。她藏起後悔，作為G的好朋友留在G身邊。但這守護了三十年的友情，卻發生了差點出現裂痕的事件，男女之間真的有純友誼嗎？

# 序言

## 紀錄片《雖然一個人，但不孤單》企劃的話

其實這是公司也不太期待的紀錄片，只是為了墊檔才開始製作的，因為電視劇主要演員酒駕，導致首播日期無限期延後，這個兩年前向排播局長苦苦哀求製作的企劃案才稀里糊塗地得到機會。雖然某個人的不幸會變成其他人的機會其實是件弔詭的事，但這恐怕也是人生在世經常發生的事情之一吧？

我一直都希望，總有一天一定要挑戰跟孤獨的人有關的故事，再講得更坦白一點，可能只是想分享我自己的故事吧 ？畢竟人本來就是孤單又寂寞的嘛。但如果要我自己出面又有點尷尬，於是就從我身邊最親近的人開始邀請。我的青梅竹馬從國小就跟我黏在一起了，不曉得已經幾年了？超過四十年了呢。我先邀請那個朋友，又透過他介紹其他受訪人，但我當然也有土法煉鋼啦，例如翻遍社群平台，也

請婚友社業者推薦過名單。

其實孤獨、寂寞是沒有年紀與國籍之分的。雖然這個形容有點老派，但在「地球村」這個詞第一次出現時，我真的覺得非常新鮮。無論何時都能看到全世界的人過著什麼生活，你想要的話甚至還能立刻搭飛機去那個地方，也能盡情享受其他國家的文化，這是件很酷的事。但儘管文明發達，其他人的世界也離我們更近了，但奇怪的是，孤獨與寂寞感卻完全沒有因而減少。反而是全世界的人都躲在名為網路的虛擬世界後，似乎把每個人的孤獨變得更深沉濃重，大家都把真實的自己藏得更嚴密了。

「缺乏溝通」，沒錯，我透過這個造成孤獨的根本原因為前提，開始製作這個故事，因為要是再這樣下去，我們的現在與未來，恐怕會比過去更孤單，更是孤家寡人了。

但說到這裡，可能會被誤會我是個單身男或恢復單身的人，但其實我是個五十幾歲的家長，我親愛的一雙兒女分別是高中生跟大學生了，但即便我是這樣的身分，也依然會覺得寂寞。孩子們都忙著過自己的人生（也可能是因為社會競爭過於激烈了），沒什麼時間跟我交流，我跟妻子變得生疏也已經好一陣子了（我相信很多夫妻都能理解），所以我也自然地開始擔心退休後的生活。找回老朋友一起去打高爾夫球或爬山、釣魚的生活，嗯，聽起來還不錯，但在我內心深處湧現的那股秘密孤寂，又有誰能負責呢？

當然，我認為每個人所感受到的孤獨大小與型態都是天差地遠的，所以我也想為不同年齡層、更多不一樣的人們所想像的孤獨下定義，也希望大家看著每位來賓都是怎麼自己生活的，也能跟著他們的生活走，一起又哭又笑。我看完剪輯內容也想了很多，唯一遺憾的是得捨棄難以取得父母同意的十幾歲學生、以及六十歲以上的老人和外國人。但既然出現了製作下一季的風聲，我到時候一定會想辦法放進去的。

在有限空間內與陌生的他人碰撞時，能用「孤獨」這一個關鍵字靠近這些人多少，這個不像實驗的實驗就此開始。因為沒有公開明顯的資訊，這些人對彼此都一無所知，但意外的是，大家都會主動親近彼此、吵架，然後和解。這樣的反應比我的想像更加炙熱，還真沒想到全國有這麼多人民感到孤單啊，哈哈。

我認為人類本來就是柔弱的存在，更何況人生在世，有哪件事情容易了呢？一點也不容易，這個世界隨時都做好要撕裂我們的準備。但在如此尖銳的世界裡受傷的弱小靈魂、比起跟他人相處，更習慣也適應躲藏起來的那些人，在匿名的保護網下，一開始是群組聊天室，後來更進一步實體見面交流，希望各位能一起共情與關注他們是怎麼克服各自傷痛，逐漸改變以及成長。

我在製作這部紀錄片時，也再次了解到一個人對另一個人的影響其實是很巨大的，也學到孤獨與寂寞這些關鍵字其實是人類普遍的情緒。無論個人主義再怎麼膨脹，人終究還是無法一個人活下去的。透過這部紀錄片，希望能讓大家明白，想打破自身的孤獨只需要做一件事，那就是去問候身邊人們的近況吧，透過說出這句話所能得到的、因為他人一句溫暖話語的波長所帶來的東西，都去感受那從內心深處湧上的熱流情緒吧。我很榮幸有這個機會能透過這一點點篇幅，為這部紀錄片做出評論。

# 1

# 孤家寡人的人們

# #A的紀錄1　家

這是誰？我在哪裡？明明是熟悉的空間，但卻有股陌生的異質感襲來。在這個光是空氣就有股微妙扭曲感的地方，我該做什麼，又能展現什麼呢？目光、視線……究竟我能不能承擔我的全新挑戰呢？我做的選擇是否正確？我的思緒很複雜，但四周非常寂靜。好吧，世界上沒有任何事是能提前知道答案的，我們只要活在當下就好了。

「A小姐，從現在開始照妳舒服的方式拍攝即可。」

「啊，好。」

我只不過稍微分心，製作人就向我說話。

「不用緊張，自然一點，Vlog也沒什麼大不了的，展現出妳的日常生活就可以了。」

「是因為我的生活不太有趣。」

「這部分倒是不用擔心，我們的工作不就是把平凡日常變得戲劇性嗎！」

**戲劇性啊**，陌生人的這句話刺向我的肺部。我一直都認為自己人生還算順遂，父母不曾生病過，也沒有貧困過，是我想吃就吃，有想去的地方，哪裡都能去的那種生活。我是個自尊感很高的孩子，這得益於有很多愛我的人，以及各方面都還不錯的環境。我之前不曉得這是一件非常非常幸運的事，而現在的我身處谷底，是根本不曉得我到底還可以向下沉淪到多深多底的那種糟糕。這段時間也會過去嗎？我都已經這麼悽慘了，還能夠被修好嗎？

「那我們就先告辭了，這週每天拍攝一個小時即可，等到下週這個時間，我們會再來拜訪。」

「好，請慢走。」

喀答——聽到玄關門關上的聲音，想起那天晚上在緊閉的門前哭天搶地的我自己。

「你怎麼可以這樣對我！這是騙人的吧？不是這樣的吧？但開這種玩笑也未免太過分了吧？你倒是說句話啊！講幾句藉口或辯解也好啊！」

搖晃著對方身體，也打了對方，歷經一段弄不懂我自己精神狀態的時間後才終於醒悟，我即使對著那道緊閉的門哭鬧也不會有人聽，這無言得令人虛脫發笑。因為隔音不好，還擔心會被鄰居覺得很奇怪，但犯下死罪的人可是你，我卻是為了保護那樣的你才關上門啊。在我終於意識到這件事的瞬間，我突然感到一陣噁心，但不幸中的大幸是，至少這件事已是過去式了，而我還被賦予現在必須已經沒事了的義務，不管我的實際狀況如何。

這到底是喜劇，還是悲劇呢？

「啊，大家好，雖然有點尷尬，但我先試著開始吧！我今年三十三歲，在出版社上班。這是我住的地方，這樣看得清楚嗎？對，這是位於很安靜的社區裡的小別墅三樓，因為我是比較懷舊復古一點的人，對於這種模式還是覺得很害羞，但希望大家看得開心。對了，剛剛製作人有給我一張問題清單，我來邊讀邊回答好了。嗯……一個人住了多久時間呢？我大學一畢業就找到工作，同時開始自己住，到目前已邁入第十年了。下一題是……曾經因為自己一個人感到寂寞嗎？我覺得人類本來就都是孤獨的吧？我好像沒有因為自己一個人感到孤單過。獨處時通常都是怎麼過的？大家有看到這台投影機嗎？我會在這邊看網飛跟聽音樂，啊！但我其實也不算是完全獨處，明久，明久？牠是我養的貓咪。我差不多該準備出門上班了，晚點公司見嘍，再見！」

## #A的紀錄2　出版社

中午去了趟醫院，醫生說狀況有逐漸好轉是件好事，但我是真的有在變好嗎？雖然「恨一個人這件事到頭來是在殺死我自己」這句話，我還是無法完全同意，但我知道我生病了。因為我的內在不太舒服，就連嘴裡都會發苦，現在的我所需要的就是維持心情平靜，不對，應該說是寂靜。

「現在是午餐時間，跟剛剛不一樣，現在看起來很冷清吧？我偶爾會像這樣一個人度過午休時間，當我獨自留在這個平時總是充滿人的空間裡，會感受到一股很微妙的解放感。其實我今天沒什麼胃口，就餓肚子沒吃飯了，但我晚餐會給大家看一場很厲害的吃播喔。不過一個三十幾歲的未婚女性生活到底哪裡有趣啊？啊，但我好像不該說這種話，我先帶大家參觀公司好了，其實也沒什麼特別的，畢竟這裡是出版社，就只有一堆書而已。最近大家不是都很愛聊MBTI嗎？我也是非常迷信的其中一人，我在網路上測完發現我是個大寫的I人，大家的MBTI是什麼呢？請留言跟我說，哈哈，是這樣玩的嗎？差不多快到大家回來的時間了，我晚點再開機喔。」

Vlog這東西比想像中更有趣，雖然要聊我的事，向他人展現自己還是有點尷尬，但我也沒有什麼特別的抗拒或排斥感，或許是因為還沒接收到任何反饋的關係，但總之，我現在的感覺還不錯。

## #A的紀錄3　常去的居酒屋

「我今天準時下班了，現在已經不會為了工作拚命了，但我也不是一開始就這樣子的，二十幾歲的時候是真的很努力工作，也得到很多成就感。對了！我們公司的組長可能會看到這段影片吧？製作人，請幫我把這段剪掉喔。我最近對於生活也有了很多不同想法，除了工作之外，還可以怎麼說明我這個人？我這個人的人類價值到底可以用什麼來衡量？但其實生命本身應該得是很珍貴的吧？為什麼我們會變成一定要爬上高處，成為有錢人才會獲得他人認可的電腦程式呢？」

「妳一個人在嘰嘰喳喳講什麼？」

「啊，這位是我常來的居酒屋老闆，大叔，請你自我介紹一下！」

「呵呵，我可以講店名嗎？我是在延禧洞開店二十年，今年六十四歲的金某某。」

「哈哈，金某某是什麼啦！」

他是我的長腿叔叔，知道我搬出來獨立後的所有歷史，也是我的摯友，現在的我們也展現著三十歲以上年紀差距的友情。他是我認識的人之中最帥氣的大人。大叔並不是個只會倚老賣老的老古板，我也是因為這樣才跟他變熟，也是因為這樣才喜歡他。他擁有比任何人都擅長共情他人情緒的特殊能力，是個自稱冤大頭，常給常客石破天驚的破盤優惠，但也是個會毫不保留分享自身經驗值的宇宙最強超級帥氣的真正大人，是個會讓我思考「我也想像他這樣慢慢變老」的楷模。

但我最近也搞不太清楚了，先別說其他的事，光是要不要繼續這樣生活下去，就已經讓我非常困惑。這把年紀也不是什麼青春期少年少女了，雖然搞不太懂，但該說是好像失去人生意義的感覺嗎？不對，再更誠實一點來說，我之前的人生過於穩定且有趣到根本沒空管什麼人生意義，至少在那件事發生之前都是如此。

如果可以挽回這一切該有多好呢？我好討厭有著這種心寒想法的自己，但也不可能世界上的每個人都很進取又勇於面對未來吧？

「妳的臉瘦了一點。」

「是嗎？自從我不來這裡之後就自動瘦下來啦？」

「我可不容許變瘦這種事，作為常客回歸紀念，今天我請客，妳要吃什麼？」

我沒有向大叔傾訴關於那個人的事，而是選擇躲進自己的洞窟，單純只是因為太丟臉這個理由。但其實我自己也很清楚，根據狀況不同，有時候丟點臉根本也不是什麼大事。其他人對我沒有太多興趣，即使有一點興趣，也是很容易消逝熄滅的那種，但這個機率在大叔跟我之間是零（雖然我覺得應該也要確認一下零卡汽水的糖分是不是真的0%）。要是我真的向大叔娓娓道來關於那個人的事，我想他應該會用他的全心全意去聆聽，陪我一起生氣，搞不好還會哭呢。但我卻莫名討厭這種事發生，我沒辦法向我認為是內心距離最親近的人展現自我，這也算得上是一種潔癖嗎？我很害怕，我擔心要是隨便依靠他人可能招致的後續風暴。再一次失去自己人的痛苦，我可承擔不起，因為這就跟失去我自己的痛苦是一樣。過了半年我才又再次踏入這個地方，大叔也如同我的預期，什麼都沒有多問。

「感覺大家一直看我的影片應該會覺得無聊，所以今天特別邀請了我的摯友——姨母小姐作為嘉賓登場！啊，叫她姨母小姐好像有點好笑對吧？這位姨母小姐呢，是我從高一開始就一直到現在的好朋友，她在大約半年前結婚了，我還在婚禮上接到她的捧花——啊，這是不是有點太多資訊了？哦？終於上菜了！是我最愛的菜色——長崎海鮮辣湯拉麵！這湯真的絕了，超級好喝！那麼，就來實現剛剛的承諾，開始今天的吃播嘍～」

就連我自己都不知道的全新自我。開始拍攝Vlog甚至還不滿一天，我已經有種重新認識自己的感覺。在我的規範之下，我所認識且引以為傲的自己，真的是我嗎？這個世界上真的有永恆不變的存在嗎？我曾想像空氣一樣生活，想成為雖然不可或缺，但平常不會被察覺的那種存在。但現在的我呢？就連我這種人也還活著，不覺得很勵志嗎？為了獲得「發生在我身上的事並不是什麼大事」的客觀認證，我才選擇站在攝影機前。噢，那個推開居酒屋店門進來的人就是姨母小姐。

「所以妳現在是在拍Vlog嗎？」

「嗯，我在拍，很搞笑吧？」

「人生在世還真的什麼都可能發生。」

「所以妳蜜月好玩嗎？嘖，這個曬恩愛的味道，我真的沒辦法再跟妳當朋友了。」

「妳不也很快就會結婚了嗎！欸，不過妳在這裡的名字叫A嗎？」

「嗯。」

「為什麼是A？」

「Apple，我本來就比較清新啊。」

跟老朋友無聊拌嘴的寶貴一天，是睽違六個月才有了這個非常隱私又平淡的見面。從結束隱居到鼓起勇氣，不曉得我到底猶豫躊躇了多少次，直到現在才覺得好像能喘口氣了。在朋友度完蜜月回來，佈置完新家，不斷嘗試要跟我約見面的這段期間，我找了好多藉口閃避她，因為我不想讓她看到如此殘破不堪的我、如此崩壞的我，以及什麼都不是的我。或許會被說我這是吃飽了撐著，又不是什麼攸關生死的大事，或許還會被敲腦袋說這哪是什麼需要大驚小怪的事。但那件事對我而言是個難以抹滅且永生難忘的恥辱與意外，我沒辦法向任何人說起那些骯髒的記憶。

要說不孤單是騙人的，我空虛到了極點，也不知道該拿這股空虛如何是好。因為擔心被任何人看穿我的虛無，所以我選擇沉默，在我這麼做的同時，我就像一盆沒有澆水的花盆、也沒能曬到半點陽光的植物一樣枯萎凋零。

## #B的紀錄1　家

市中心，漢江邊那燈光閃爍，不斷有車子開往其他地方的行列。在這之中混雜著悸動、恐懼、無聊、陌生以及毫無想法。曾短暫屬於那個群體的我，現在已經順利脫離，並作為一個徹頭徹尾的異鄉人，觀望著那些人的世界。這裡是我舒適的家，一切都整理得井然有序，我也維持在舒服且平靜的心理狀態。為了好好扮演身為社會一員的我以及個人的我，還必須通過兩個步驟，第一步是洗澡換上舒適的衣服，第二步就是這個：

「歡迎大家跟我一起進行十分鐘冥想，首先，放下身體所有緊張感，用鼻子慢慢吸氣，然後再用嘴巴吐出長長的氣。」

「嗯～呼呼呼呼～～～」

「再一次用鼻子吸氣，你會感覺到肺部慢慢填飽了空氣。接著再用嘴巴長長吐氣，把還殘留在身體裡的力氣、僵化的想法等，隨著呼吸一起吐掉。」

為了與這個世界完全隔絕，這是我每天獨有的儀式，聽著YouTuber慵懶的聲音，沉浸於我的世界。也不曉得是從哪時候開始，只要沒冥想我就睡不著，開、關界線分明是我在這個世界活下來的方式，接著我開啟攝影機。

「大家好，我今年三十二歲，是在〇〇電子上班的B，B這個代號沒什麼特別意義，是因為前一位出演者選了A，我就單純地選了下一個字母B。這個世界已經夠複雜了，也沒必要在這種事情浪費力氣嘛。雖然我不太清楚這部紀錄片的製作意圖為何，但就我所聽到的說明好像是要預防孤獨老死吧？即便死亡再怎麼不分先後順序，但我好像也還沒到那個年紀吧，哈哈。總之呢，這裡是我家，如各位所見，擁有非常棒的景觀。我也是因為景觀才選擇這裡的，但房貸本金、利息等等真的讓我壓力山大。大家的生活應該都跟我差不多吧？哈哈，那我就長話短說，先來讀個問題好了。一個人住了多久時間呢？差不多三年了。曾經因為自己一個人感到寂寞嗎？要說不寂寞是騙人的吧，但我也不覺得兩個人在一起就一定不會孤單。噢，但我覺得這也不適用於所有人。獨處時通常都是怎麼過的？其實我獨處的時間不長，那該死的公司給我很多薪水，同樣地也很會折磨人。我其實還滿努力要充實度過休假時間的，也因此打造了書房……啊，與其聽我說明，不如實際給大家看看好了，走吧！啊等等，有訊息來了，這是什麼？」

G邀請了A。

G邀請了B。

G邀請了C。

G邀請了D。

G邀請了N。

G　大家好，我是G。我也是紀錄片的一員，因為我年紀最大，所以他們叫我創群組邀請大家進來。真不知道我們到底要聊些什麼呢，哈哈。

A　大家好，我是A。

B　啊，我是B。

C　各位好，我是C。

D　我是D。

N　我是N。

G：紀錄片的主角好像就是我們六位。但大家是不是都很閒啊？訊息回得好快，呵呵。

A：^^;; 還真是無法否認的事實呢。

G：大家第一天拍攝都還順利嗎？

A：有啊，我也算挺努力拍了，雖然不知道是不是有趣。

B：我覺得有趣好像不算是我的領域，就只是單純地拍攝而已。

D：我還沒拍，但這個群組有沒有什麼規則啊？

C：他們要我們在這個群組幹嘛啊？

N：應該就是要我們這些自己住的人互相親近吧？

B：但沒辦法知道對方的姓名、年紀跟職業，是要怎麼親近？

N：我覺得這樣搞不好會更自在吧。

A：我覺得好像會很有趣，有些越親密反而說不出口的話也能在這邊講。

C：製作人還說是什麼開放聊天室，結果只是一般群組嘛。

G：規則大概這些，大家看看吧？1. 每天早晚都要生存報告。2. 不要詢問彼此的個人資料。

C　好耶。

G　噢對了，製作人有叫我們不要私下聯絡。

C　看來是叫我們不要私聊吧？既然我們是有領出演費的立場，該遵守的還是要遵守嘍？大家今天過得怎麼樣啊？

## #C的紀錄1　住商大樓內的健身房

過了光與黑暗共存的剎那，受不了那被黑暗佔領的世界而陸續點起燈光之際，我體內的另一個自我不斷催促著，要我別一直坐著，該快點動身了，不管是走路或跑步，做點什麼都好。我眼前的螢幕正在重複循環我本命的歌曲，「速度忽快忽慢也不要鬆懈」，像這樣活動身體就能消除雜念，再加上音樂相伴，就會覺得「區區這點小事而已，想辦法活下去吧」，隨著身體強壯起來，心靈也會跟著壯大，謝謝那個接住我，讓我重新站起來的繆思。

「大家好，我是C，今年二十六歲，還是花樣般的年紀吧？職業……應該稱得上是有兩份工作吧，但我還不想公開我的一切，就不多說了。直到兩年前，我都還在公司上班，現在是自由工作者，通常我都在家工作或在線上市場進行銷售。今天難得出門一趟，有點累，但我還是不想破壞我運動的規律，如同各位所見，我現在人在跑步機上。其實一個人生活又沒有規律上下班的話，是很容易懶散的，然後又會因為不滿意這樣的自己而生氣，所以我就轉念一想，不管怎樣都一定要跑步。我最近在讀尼采的書，雖然幾乎都看不懂在講什麼，但其中有個東西非常吸引我，那就是『超人』，因為克服了自己，就能成為最高次元的自己之類的。我覺得人真的很單純，單憑持續不懈的運動就讓我有種變成更好的人的感覺。哈哈，喔對！不久前我讀到一則新聞，是因為它寫著『李英愛減肥法』我才點進去看，結果內容好像是在講附身嗎？反正就是叫我吃飯時要想像自己是那位演員，因為她的形象跟雞爪、杯裝泡麵、麻辣燙這種東西很不搭，總之那篇報導在講說有人因為這樣瘦了八公斤。所以我就覺得，該為了成為我夢想中的自己，好好鍛鍊身體了，這就是我最近沉迷的人生課題。喔對，好像該進入正題了，製作人有給了我幾個問題，但我放在家，我就先憑印象回答吧。感到寂寞的部分是每天都會覺得孤單，以前還會假裝不孤單，所以會想辦法讓自己看起來更強悍，但這根本超沒必要。每個人類都是孤單的吧？所以我才為了稍稍忘掉那點孤單，每天都在跑步，哈哈。」

A　我跟很久沒見的朋友小酌一杯，也聊了天。

B　肯定很開心吧？我下班回來正在休息。跟人見面聊天都需要消耗能量，不曉得是從什麼時候開始，我就沒有餘力把能量花在這種地方了，這樣也比較輕鬆。

D　我每天的生活課表都差不多，大概維持半個月了吧？今天是幾號？我每天都只待在家裡倒是有點悶了。

C　這麼長一段時間都只待在家裡嗎？天啊！這是我好難想像的事。

N　世界上的人百百種嘛，我可以理解D大。喔對，我今天還挺忙的，但我想大家應該不好奇吧？

G　如果我說好奇，你就會分享嗎？

N　不會。

## #C的紀錄2　家

我不相信人，之所以不相信人是因為兩起事件。不過沒關係，我也因為這樣有所成長，也頓悟了這世界上能相信的人就只有我自己的真理。

「我跑了一小時，洗完澡，現在要來小酌一杯。各位有看到嗎？這是紅酒和肉乾，大家喜歡喝什麼酒呢？我的喜好應該一看就知道吧？聽說最近也很流行線上酒席，雖然不知道這節目何時播出，但我們一起在這個時間點喝一杯吧！酒要乾了才對味，也沒人規定紅酒就一定要細細品味嘛。但其實我的酒量不太好，會喜歡喝紅酒也是因為它很快就會醉。流了一小時的汗再去洗澡，再喝兩杯紅酒，就會覺得我身處在其他地方。那個心情有種微妙的魅力，會讓我覺得比較活得下去，我相信應該有人懂這個心情吧？肯定有的。」

我不愛喝酒，一開始會喝酒也是為了活下去。我討厭我所面臨的現實，是為了忘卻我自己才買醉的，因為當天花板開始天旋地轉，周遭事物變得模糊，至少還會出現「那又怎樣」的念頭。但我現在也多少懂得怎麼享受酒精了，雖然人還是很難輕易改變，但也不代表完全不會變。

# #D的紀錄1　家

籠罩著漆黑房間的遮光窗簾堅決地不能容許一絲光線進來，無法判斷現在到底是早上還是晚上。地上擺著三、四瓶啤酒與吃到一半的零食，以及攤開的舊型筆電，旁邊還有四散的影印紙，其中有些被撕破的紙張還夾雜著嘆息與憤怒。有個男人斜坐在單人床上，宛若已經死了似地呼吸著，是D。

我居然會答應拍攝！認識我的人要是知道，肯定都會嚇壞的。因為我討厭暴露在人群之中，都以筆名而活，因為喜歡靜謐而搬到首爾近郊的我，居然會要錄節目！「天才作家」，這個世界都是這麼稱呼我的，當時的我也確實無所畏懼，一起床就文思泉湧，要把這些點子寫進Ａ４紙完全不是難事。當時的我很傲慢，看到因為寫作挫折或失望的人們，還取笑他們為何要在沒有天分的事上拚命，甚至留戀。但我當時並不知道，風水總有一天也會輪流轉。在我不斷在創作徵文比賽中被淘汰成習慣，好不容易才出版的書只印了一刷就結束的事不斷發生後，我才明白，我根本不是什麼特別的人，只是運氣很好罷了。失敗不會只有一次，以及當你開始重複這所謂的失敗，就會導致經濟面的崩落……不對，是會變成攸關生存的問題。

「大家好，我是D，活著活著也能看到這一天啊，現在時間是……凌晨三點二十五分。對，我的日夜有點顛倒了，通常都是晚上工作，白天睡覺。我的年紀……嗯，一看就知道有點年紀吧？現在也四十好幾了。其實我是因為這部紀錄片給的錢很多才答應拍攝的，如各位所見，我的住處很簡陋，看我都這把年紀了還住在屋塔房（頂樓加蓋的簡陋閣樓）應該就多少有點預感了吧？這裡甚至還離市中心很遠，哈哈。如果要替我的出演動機多賦予一點意義呢，就是希望大家看到我這種已經超過四十歲還如此沒看頭的獨居男，能夠抱持著『看來我還比他好一點』的希望，繼續活下去吧。嗯，我打算開始工作了，先來坐在筆電前。是的，我是個無名作家，雖然越是自我介紹就越顯悲涼，但還能怎麼辦呢？這就是我現在的位置嘛。喔，對了！製作人給我的問題清單跑哪去了？啊，我記得好像是問我自己住多久的樣子，雖然我也不知道其他出演者幾歲，但講到獨居資歷應該是沒人能贏我。我從大學就開始一個人住，到現在已經二十二年了，人生中自己住的時間反而還更長呢。至於會不會寂寞……其實我本來就很喜歡獨處，所以沒有那種周遭親友會感受到的孤單感。但不久前得了重感冒，還真是有一點辛苦，都這把年紀了還找媽媽來也有點奇怪，為了寫作足不出戶的傢伙也很難因為自己生病就找朋友來啊。反正我就是鬼門關前走了一遭回來，當時的心情確實是有點不好啦，哈哈。但真正讓我覺得孤單的並不是人，應該是這毫無回應的文章吧。寫作真的是一個人的戰爭，像我這種沒有名氣的作家在其他人眼中就是又懶又閒，不上不下的。我想從其他人這樣看待我的視線中，把我自己守護好，其實是件非常困難的事。最後一題，獨處時通常都在做什麼？喔，這題有點……因為我大部分的時間都是一個人度過，我到現在才突然覺得莫非這個預防孤老死去的節目是為我量身打造的嗎？哈哈，我晚上寫作，白天睡覺，過得很單純吧？我周遭的人都一直叫我要改變生活作息，但你們以為我沒有努力過嗎？沒辦法就是沒辦法。各位知道上了年紀的好處是什麼嗎？那就是很快就能放棄。年輕時還會笑著說放棄是數白菜才會講到的量詞❷，但都這把年紀了還會因為這種笑話笑出來的話，那就是瘋子了。不過我這句話好像有語病耶？既然沒辦法的事就是沒辦法，那我怎麼還在這裡拚命寫著怎麼寫都不會成功的文章呢？」

今晚看來又沒辦法寫作了，上一次下筆行雲流水，文思泉湧是什麼時候，已經想不起來了。我連這種不值一提的成功也辦不到，才是最糟的狀況。

❷「放棄」的韓文與量詞「顆」同音。

D　大家應該都睡了吧？我在這時間都睡不著，所以通常都會在這個時間工作。C大難以想像的事對我而言是很稀鬆平常的，我是指好幾天都足不出戶這部分。大家不用回應我也沒關係，等大家起床之後，應該只會看到「已刪除訊息」吧。每個人在跟他人相處時，也會有各自相處起來特別不自在的人。若要說我這是自我意識過剩也沒辦法，畢竟我就是長成這副德行。

N　你怎麼自己碎碎唸這麼長一串啊？

D　還沒睡嗎？

N　失眠。我也試過喝酒、吃藥，什麼都試過了，但在那種下定決心不讓我睡覺的日子裡，做什麼都沒用啊。D大也失眠嗎？

D　與其說我是失眠，不如說是個日夜顛倒的人。

N　原來如此，那你通常都在這個時間幹嘛呢？工作嗎？

D　對啊，你想睡卻又不能睡，應該很痛苦吧？

N　嗯，我還曾經數羊數到一千隻以上呢，還想說我是不是瘋了。

D　你有多長時間都睡不好了啊？

N　學生時期是為了讀書就沒什麼睡，上大學之後成天徹夜喝酒玩耍也沒人管嘛。但還真是怪了，明明數字也只是從19變成20而已，居然就這樣解除封印了！不覺得很怪嗎？明明人還是一樣不懂事啊。總之我就是從那時候開始出差錯的……現在變成我即使想睡也睡不著了。雖然會這樣是有個決定性契機啦，但這件事在這邊講好像也怪怪的。

D　剛好我今天工作也不太順利，你要說說看嗎？

## #N的紀錄1　家

冷風透過敞開的窗戶拂過臉頰，一股寒意如電流穿透全身。正當腦中出現「今天晚上果然又不用睡了」的想法，群組的震動通知響起，所以我今天第一次向陌生人訴說了我的故事。但其實也沒講太深的東西，就是一些例如我們為什麼半夜不睡覺、喜歡聽什麼歌、讀過什麼有趣的書之類的芝麻小事。在訊息不知不覺超過三百則之際，突然一陣睡意襲來，我心裡想的是要趕緊拍下Vlog。

「嗨！這個會播出對吧，那就不只有我的追蹤者才看得到了，這樣我就要講敬語了……嗯，雖然有點尷尬，但我試試看。大家有看到現在的時間嗎？已經凌晨四點了，但我每天都要拍一小時的影片，認真嗎？一個人哪有辦法自己講一個小時的話啊？但反正應該會有很多東西被剪掉，我少拍一點應該也不會出什麼大事吧？喔，我想到一個好辦法，睡播如何？躺播！這會太薪水小偷嗎？嗯……因為我白天比較忙，大家想看的Vlog應該是我比較自然的那一面，如果拍我的工作現場就會滿尷尬的。總覺得好像太把我自己表現出來了，或許是不習慣吧，所以才會這麼晚才打開攝影機。我一個人住了四年左右，在非本意的狀況下開始被當作網紅，也開始靠此賺錢，也因為如此，我可以自己繳學費了，我最想做的事就是搬出原本的家。家本來應該要是個讓心情放鬆的地方嘛，但在這之前，我所住的家反而是全世界讓我最不自在的地方，而我目前自己住的這裡，當然是我覺得最舒適的地方嘍。我平常比起覺得寂寞，應該是感覺到更多自由，我們有時候踏入某個空間會感覺得到某種空氣的重量嘛？在我以前的家裡所感受到的空氣很沉重，我爸媽如果看到這個節目會傷心嗎？但其實我們家也不是特別感情不睦或是怎樣，只是我算是個比較特別的孩子吧。至於獨處的時候呢，各位看我的工作也知道，就是上傳收到的公關品或業配心得，在Instagram寫下各式各樣的貼文。其實我平常不太好睡，今天行程也很多，但奇怪的是我今天竟然有點睏了。跟大家分享我的搖籃曲吧！」

於是我就在播放著Ra.D〈媽媽〉這首歌的狀態下睡著了，這是睽違多久的一覺好眠啊。其他人都在講風涼話，說我這根本沾不上失眠的邊，但大家講別人的事情為什麼老是這麼一派輕鬆？既然我覺得我辛苦，那就是辛苦啊，為什麼是他們自作主張分類要到什麼程度才稱得上是辛苦，才那點程度根本不算吧？不舒服就是不舒服，想死的話就是真的有那種心態啊，世界上沒有任何人可以隨便貶低我的傷痛。我之所以會喜歡〈媽媽〉這首歌，並不是對媽媽有什麼濃濃的愛，反而更接近又愛又恨吧。所以很弔詭的是，我只要聽這首歌就會流淚，這算是憐憫我這種從沒擁有過這種母親的人，還是代理滿足呢？真希望母愛神話之類的鬼東西都拿去餵狗吃吧。

我從沒有過被媽媽徹底認可的記憶，也沒有印象被投以溫暖的視線。我對媽媽而言究竟是什麼存在呢？我想應該是會被簡單扼要地認定為會自己安分待著的孩子吧。我想直到我衝出那個家之前，我媽應該都以為我是這樣的女兒吧。或許會有人說媽媽也是無可奈何，如果妳自己當了媽媽也是相去不遠，但我就算就快要死了也不想去理解我媽，因為我當時真的年紀太小、太柔弱，也太害怕這個世界了。上帝並沒有給我一個會對我說「沒事」、「你的存在本身就很特別」的媽媽，既然如此，那到底幹嘛把我生下來啊？要是只照顧一個姊姊就很辛苦了，那像我這種孩子就該在媽媽肚子裡的時候就拿掉啊？難道是擔心姊姊出了什麼差池，出於買保險的心態才把我生下來嗎？我大吼大叫的那天下了好大的雨，那天我流的眼淚並不是後悔或悔恨，而是覺得直到這時才終於鼓起勇氣的我很可憐。

G　生存報告！大家早～我正在去上班的路上，但D大和N大凌晨到底聊了些什麼啊？哇，根本沒看到。

B　我也在上班路上，天氣真好。

A　我已經到公司了，總覺得不是生存報告，而是該喊「必勝」的心情呢，我今天要截稿，已經確定要加班了。

B　加油，我加班已經是日常了，今天當然也不例外。

G　跟兩位比起來，我今天只有上半天班而已，輕鬆好多喔，莫名感到抱歉^^;;

A　別這麼說，至少有個人幸福就好了嘛～

B　啊，但G大本來就常請半天假嗎？

G　對，我的職業算是只要我願意，相對比較能自由休息的那種。

B　真羨慕，我每天都在不斷重複的業務中掙扎呢。

G　在這種沒什麼力氣的日子，我推薦可以請假去做點平常想做的事。萬事起頭難，但真的請假了就會發現，少我一個也不會怎樣，哈哈。

A　啊，我今天真的超級想蹺班的。

G　哎呀！A大今天還是先克制一下吧，呵呵～我們總不能當個不負責任的大人嘛。

## #G的紀錄1　楓林道

十一月某天，大白天的公園很是清新。在快步走路和邊聊邊走的族群之間，以及好像在勝負賭上性命般的熱情年輕人汗水之中，人生的氣息源源湧出。一個穿著滑輪，牽著媽媽的手卻不敢踏出半步，看起來七、八歲的小女孩露出可愛笑容。就算我再晚婚，也應該已經有個這麼大的孩子了吧，但現在後悔又有什麼用呢？我不是從一開始就打算單身到老，只是不知怎地就上了年紀而已。之前從未有過興趣的孩子最近卻特別受我注意，看來真的是有年紀了，看電影或電視劇也變得特別愛哭。

這些常見又平凡的光景讓人感到些許生疏，或許是心理因素吧？染上顏色的樹葉看著那些來看自己的人們都在想些什麼呢？會想著「真是好時節啊」嗎？稍縱即逝的美麗，一凋零就消失。那我、我們又該怎麼活下去呢？我坐在老舊長椅上，抬頭望向天空。在這個地球的盡頭，在浩瀚宇宙中，我只是一顆比灰塵更小的粒子，而這樣渺小又微不足道的我與自我產生衝突，因而掙扎且折磨。還真是可笑，還是吃飯吧。我最喜歡吃的午餐就是SUBWAY三明治，義大利火焰烤餅加莫札瑞拉起司，蔬菜全放，再加田園沙拉醬和甜蔥醬的義大利經典B.M.T.。喔對！一定要加酪梨，我一星期有三天都吃相同的食物，不曉得是不是員工們都討厭我，大家都不跟我一起吃飯。我今天只開放上午預約就出來了，因為我有個很重要的約。

「大家好，我是G，結果我的Vlog也晚了一天呢。這裡的楓葉很美吧？聽說明天會下秋雨，我想應該也會一起落下楓葉雨吧。上班族的午餐時間好像差不多要結束了，我今天比較早下班，來到附近的公園。我今年就知天命了，但也沒有比較懂上天旨意的偉大使命之類的，只感覺到我的肉體又老了而已。一到秋天也不曉得怎麼這麼會掉頭髮，這時間為什麼會這麼睏？我的內心完全跟不上身體老化的速度，更別說我記憶力變得有多差了，如果不吃點對大腦有益的保健食品，都快沒辦法工作了。哈哈，我這種自嘲是不是太誇張了？我每個禮拜都會像現在這樣，找一天讓自己獨處。因為平常沒什麼獨處的機會，這對我而言是很寶貴的時間。喔對了！我的工作是要跟人應對的，昨天應該是B大也有說過吧？他說應對他人也需要能量，而我的工作就是一種情緒勞動，非常消耗我的能量，所以我偶爾會出來獨處休息，累積足夠的內在能量，才能不受影響地繼續工作。跟我的年紀相比，我自己住的時間不算太長，也才五年而已。對，我這個沒有成家的不孝子，住在媽媽打掃乾淨的家裡，吃媽媽煮的飯，穿媽媽幫忙洗的衣服，這樣的生活我也過了超過四十年，還真是令人心寒呢。至於聊到這所謂的寂寞呢，我覺得每個人內心的定義應該都不一樣吧？對我來說孤獨就是死亡，喔不對，更正一下！應該是獨自死去。隨著年紀的十位數改變，我就突然有了這個想法，活到這把歲數也不會再去找新伴侶了，搞不好一個不小心就會孤獨老死吧？我的個性比較特別，也去不了銀髮村。陌生人明明說要幫忙打掃，結果卻要動我家跟我的東西，不是還聽說得在公共餐廳吃飯嗎？我光想就覺得毛骨悚然。我是真的沒辦法理解校外教學、極限訓練或聯誼團康的人之一，到底為什麼要去啊？」

一個人這麼嘰嘰喳喳了好久，口也渴了，該喝點水了。我不想孤獨死去的原因並不是害怕沒有人替我守著臨終，獨自死去。而是我光想到要是在我死去很久以後，我的肉身已經腐爛且發出惡臭，人們會對這樣的我感到憐憫，會皺著一張臉替我收屍的這一切過程，實在令我覺得可怕，我希望我能孤傲地結束我的這一生。

在獨處時間裡，我作為一個第三者窺視著人們，也發現一件很有趣的事，那就是在嘰嘰喳喳聊天對話的人群中，其實沒有半個人是真的有認真聽對方說話的。到底什麼才是共情呢？一個人完全同理另一個人是真有可能發生的事嗎？應該不可能吧。那什麼是溝通呢？我們所進行的溝通是真的有暢通嗎？會不會只是因為要是不想辦法把累積在心底的那些話傾洩出來就會撐不下去，所以才會滔滔不絕呢？

另一件有趣的事情是，話題主題都會被濃縮成一種模樣——人生辛苦，只有各自的素材不一樣罷了，有些人是因為愛而辛苦、有人是因為父母或子女辛苦、有人是因為工作、有人是因為錢而辛苦著。對話的對象雖然會配合主題適時附和，展現出「我有在聽你說話」的樣貌，但其實仔細聽會發現，大家都只是想講自己的想法、講自己想講的話而已。當我發現這個事實之後，就覺得活下去也比較有意思了，因為不是只有我自己孤單，他人的不幸可以安慰到我也是個不爭的事實。如果不把我那些累積在心底的事講給任何人聽，那些事情的重量可能會壓垮我們，所以大家才會自顧自地說話，無論是對著坐在面前的人或社群，總之就是用這個方法讓自己變得輕鬆一點。然後，我也很慶幸我有找到屬於我的隊伍，那就是我們的群組聊天室！

G　傳送〔楓樹照片〕

A　我剛好現在有點想哭，成功轉換心情了呢，謝謝G大。

D　生存！原來外頭的楓葉長這樣啊，我體內的世界已經故障好久了。

C　為什麼只待在家裡不出門呢？聽說有九成的韓國人都缺乏維生素D，你也出門走走吧。喔對，我也還活著喔。

A　從座位起身、穿上運動鞋、打開玄關門的步驟其實很簡單，但有時候又會覺得很不容易，D大加油喔！

D　我這是突然變可憐了嗎？

A　啊，我完全沒有那個意思，對不起。

D　哈哈，不用道歉啦，只是我覺得現在的生活很自在而已，不用太擔心我。

## #D的紀錄2　家

大部分的人應該都沒辦法理解我，這種沒有任何人理解的生活也沒關係嗎？不對，問題不是出在大眾，問題會發生在連我都不理解我自己的時候。我會思考所謂的普遍性和何謂平凡，如果把一百人之中的九十九人放進普通的範疇裡，那我應該是不屬於那之中的一人吧？我是抱持著即便這樣也沒關係的心態過活的，或許是我把這包裝成「特別」，才把我自己變得更特別也不一定，然後我也就這麼成了他人眼中的社會適應不良者了。

「現在時間，大家都過著好像在打仗的生活呢，而我的一天才正要開始，對，在下午兩點的時候。外面好像長了很多楓葉，但這感覺跟我的世界無關，像是別人家的事情，感覺有點淒涼。我也知道有些人生可能永遠無法被理解，也可能會永遠作為一個異鄉人而活。那拍完這個Vlog，我就會被編入這個世界嗎？我也搞不清楚自己是不是也想要這樣子了。」

D　A大和C大也可以思考一下所謂的多樣性喔。

C　我剛剛傳完訊息也有想到，其實……我自己就是那樣的人。因為生活太不容易，光是我的人生就已經太過沉重，所以才把世界跟我隔絕，只待在家裡。但某天發現我實在撐不下去了，我現在到底在幹嘛？再這樣下去真的沒關係嗎？其實我現在也還是有點難以跟他人交流，但我想表達的是出去外面走走也沒想像的這麼差，並不是覺得D大很奇怪的意思。

D　不會啦，我是真的奇怪，但這世界總要有我這種人存在，才會更有趣吧？哈哈。

A　我也懂C大的心情，什麼事都不想做，感覺沒有人能理解我的想法，就把自己藏得更深，我直到不久前都還是這樣，但在我好好去爬梳那個心態後才發現，我其實還是想要被理解的，是因為害怕沒有人能理解我，才把我自己關起來的。看來我應該是把D大跟我想成同類人了，是我太誇張了，抱歉～但我也希望D大能好好跟自己來場真摯的對話，但當然我也相信你應該能自己做得很好的，如果覺得我管太多就已讀我吧。

D　我很謝謝兩位替我著想的溫暖心意，仔細想想，我是沒關係，但也不是真的沒關係；是舒服，但也不自在，這可能才是我最真實的心境吧。搞不好是我這段時間以來都把自己鎖在太過偏執的想法裡了，我認同。

我認為這個世界是沒辦法接住我的，天下人明明就有百百種，我很生氣那些人為何催促著我應該像他們那樣生活。但也搞不好是我自己建立了「我很特別」的束縛，明明應該是其他人要理解我但卻都沒做到，所以我才會以這種驕傲的狀態生活著吧？但我突然浮現一個念頭是，如果所有人都這麼跟我說，那我要不要聽一回他們的意見呢？

A　星巴克

大杯美式咖啡和藍莓起司蛋糕

訊息

「全宇宙都會為你的和平祈禱。」

A　用這份薄禮表達我的歉意，希望你不會心情不好，可以收下它。我比較幸運是在我很辛苦的時候，還有把我拉進這個世界的援手。睽違兩百多天的時間所見到的人們比我想像的更加溫暖。希望我的心意可以順利傳達，也希望這杯咖啡和甜甜的蛋糕可以為你的心吹進一陣暖風。

「剛剛A送了我一杯咖啡和蛋糕，突然莫名地想哭呢！或許我在等的就是這種溫柔吧?我本來覺得人都是殘忍的,也覺得我是弱小無力的,但我決定鼓起勇氣,既然都收到禮物了,就該換來吃吧?我要去星巴克了。」

D　A大送了我一張咖啡禮物券,得益於此,我也打算久違出門了,謝謝!

G　哇,A大好有sense!我讀完各位的對話也想了好多,所謂正常與非正常的框架,到底都是誰決定的呢?多數人所屬的某種傾向就是正常,那剩下的就都是不正常嗎?不認同個性的社會實在是太殘忍了。

N　生存!大家都好勤勞喔,我久違地睡了午覺,這好像是我第一次睡到連鬧鐘聲音都沒聽到。

D　真是幸好你有一覺好眠。

N　多虧有你,Thank U。

G　我們群組的氣氛好好喔,身為房長的我真是欣慰。

## #G的紀錄2　楓林道

正當我靜靜地看著群組對話，我的女性友人叫了我，我也不自覺露出藏不住的微笑，她碎唸我怎麼只顧著看手機，又毫無顧忌地坐在我身邊，遞給我一個購物袋。

「這是什麼？」

「你前陣子不是生日嗎？我去百貨公司想起這件事就買了。」

袋子裡是一件白底藍條紋的POLO衫。

「謝謝。」

「我們這種關係何必見外。」

我們這種關係究竟是什麼關係呢？官方用語是「女性友人」，但我可從沒把妳當成朋友看待啊，甚至在我談戀愛、妳結婚的那個當下也一樣，雖然這話如果被我的前女友們和妳現在的老公聽到應該會嚇個半死。

但也沒關係，因為這個真相直到我死為止，都會是我一個人的秘密。

「因為我每次約妳，妳都會來啊，很謝謝這部分。」我一說出我那暗喻的心意，她說：

「活到這把年紀，我也只剩你這個朋友了，我的人際關係可能出了什麼問題吧？」

「我之前不是一直在講嗎？生活重質不重量，妳只有我一個朋友就夠了。」

她聽到我的話，表情微僵，接著又想辦法轉移話題，她看著我的攝影機問道：

「這是什麼？」

「喔，這是我之前說的紀錄片，但叫我們用Vlog的形式自己記錄，所以我剛剛拍了一點，要跟上這世代還真是辛苦。」

「原來就是那個啊！那你放心拍吧，我先讓位。」

「妳在旁邊真讓我有點尷尬，但我還是得把素材補足就直接拍嘍，不要笑我。」

「其實活到我這個年紀，生活中不太會有讓人感到有趣的事了。小時候覺得每件事都是大事，但隨著年紀增長，被反覆日常淹沒的我連早上吃了什麼都想不起來。所以我每個禮拜都會像這樣留一段時間給自己，類似某種把生活規律暫時斷開的感覺吧？對了，我怕大家會好奇，在我身後依稀顯現的人是我的朋友，她說她沒有想上電視，大家可以不用理她，哈哈。我之所以邊走邊拍 Vlog 是想讓大家也一起看看這些楓葉，很酷吧？總得要享受季節變化，人生才不會這麼索然無味嘛！當然，我也已經到了明白『可以索然無味的人生也是種幸福』的年紀了，所以我現在很努力要心懷感恩地生活下去，那我就先去跟朋友小酌一杯，晚點再繼續嘍。」

## #A的紀錄4　廁所

好無力，我把午餐吃的粥都吐光了，看來應該是我昨天在居酒屋吃壞肚子了。我直到現在都還不完整，鏡子裡映照的人究竟是誰？我真的已經沒事了嗎？我真的重拾跟人們相處的信心了嗎？我的身體正在告訴我，是我過度相信了自己，但我可不能就這樣被擊垮。

「嗨，這裡燈光很不錯吧？對，這裡是廁所，因為這邊廁所比較偏僻，不太有人會來。所以我想要獨自靜靜，或拍漂亮頭貼的時候，就會來這裡。昨天我們參與紀錄片的人開了一個群組，以前跟住在同個社區的左鄰右舍形成的紐帶關係和互動都會自然發生，但最近幾乎都沒有了嘛～大都是視需要才往來的關係，比起真心擔心對方，希望對方不要造成我的困擾，不要插手我人生的心態反而更加強烈。我其實也屬於那種人，但這個群組……該怎麼說呢？感覺不太一樣。其實我們也沒聊什麼特別厲害的話題，最初的目的只是要生存報告而已。或許是因為大家都是孤家寡人，不用多說什麼就都能心靈相通吧。噢，不對！不是這樣，我突然懂了，應該是我們都出現了『原來不是只有我奇怪』、『大家都過著跟我差不多的生活嘛』的安心感吧。但不管是什麼原因，對於所有獨居的人而言，與眾不同也可能成為弱點。人真的很懦弱吧？跟別人有點不同又怎樣，別人怎麼看我又有什麼關係呢？只要不是犯了什麼大錯，照著我想要的方式跟模樣生活不就好了嗎？其實這些是我想對我本人說的話，因為我已經當了超過三十年的模範生。我曾經經歷過一件事，也因為那件事讓我過得很痛苦，但至少我也藉此頓悟了一件事，那就是我看待世界的視野太狹隘了，原來我可以不用過這種生活啊。但這也讓我好委屈，明明沒人強迫我，為什麼我卻要過著這麼無聊的人生呢？在我臨死之際，我會不會有什麼後悔或遺憾呢？雖然有點晚了，但要不要現在也過得放縱一點？哈哈。跟各位坦白一件事，我的消化功能不太好，我的身體知道我的心還沒有完全復原，所以我今天還刻意吃了粥卻還是吐了。我甚至也去照過胃鏡，但檢查結果一切正常，我想這應該是心病吧。直到不久前我都還急著思考該拿現在的我怎麼辦，該快點好起來，要回歸正常的我才行，但我在某個瞬間才突然醒悟，我是不可能回到發生那件事之前的我了，我現在已經是經歷過那件事的人了，我只能接受現在的我並愛我自己了。怎麼突然講到有點想哭啊？我也真是夠鬧了，反正我只是運氣不好啦。不過這應該也算是個機會吧？等節目播出後，跟我有相同經驗，或經歷過比我更慘的事情的人也會知道，大家都過得很好。那麼我今天的Vlog就到此為止，因為今天要截稿，我應該要加班到滿晚的，今天也在公司度過戰爭般一天的各位，加油！啊？播出時間是晚上嗎？那就晚安吧，再見～」

## #C的紀錄3　客廳

「大家好，這個東西多拍幾次也熟悉了耶，我一直跟D大說不要一直待在家裡，要出去走走，結果我才是一直待在家的那個人，人本來就都有點矛盾嘛？大家的興趣是什麼呢？我最近在學咖啡，因為我想考咖啡師證照，這真的很有趣。喔對！學咖啡是一回事，但過程中可以遇到從跟我差不多年紀的人到六十幾歲，囊括所有年齡層的人，大家可以天南地北聊很多話題，我覺得這超神奇的。看起來四十幾歲的人也很大方地說著自己的故事，但我比較不理解的是，如果這麼公開分享私生活的話，以後也可能出現頭痛的問題吧？但我看大家都不在意這些耶，怎麼都能這麼輕易相信人呢？也不知道自己以後會怎樣被利用，噢天！突然想到，那我也會因為這個 Vlog 公開我的很多事吧？既然如此，大家有看到這邊嗎？這是我做的飾品，做一些亮晶晶的東西就會有種連我的心也變得閃閃發亮的感覺。想到這個小東西可以照亮某人的生活或某人的一天，就讓我很欣慰。跑步是我消除孤獨感的方法之一，但我最喜歡的還是一口氣把電視劇看完，前陣子我也還在看《二十五，二十一》！最近在重看這部劇，是不是太晚看了啊？大家都在迷白易辰的時候，我根本不知道他是誰，但最近真的因為這個哥哥快瘋掉了，哈哈。因為我自己也是那個年齡層，會想說我有談過這種戀愛嗎？也覺得我以前的愛好像有點微不足道。一方面想著我也好想見南柱赫哥哥本人，但又會想說我這麼想尋找跑步或看劇這種可沉迷的對象，是不是因為我想要逃避現實。但即便如此又怎樣呢？如果我的現在猶如泥沼，那暫時不去面對它、逃避它也沒關係嘛？這樣才有辦法在現實中繼續活下去啊。我的追劇好朋友是啤酒，比起紅酒，我覺得啤酒更適合配電視劇或電影，我要繼續專心看易辰和希度的後續發展了，晚點見嘍，再見～」

## #D的紀錄3　星巴克

「呃……是不是有點吵？我……大概已經半個月沒出家門了吧？在我寫作還很多靈感也很順利的時候，都會坐在星巴克五、六個鐘頭，一邊觀察人群，一邊寫作，但最近靈感枯竭，就比較排斥踏出家門這件事了。人心真的是很奇怪吧？總之呢，我現在是為了使用A大送我的禮物券，久違地來到星巴克。其實一開始是沒打算開攝影機的，但看起來好像也沒半個人在意我，就我個人來說，這算是一種冒險，所以就挑戰了一下。坦白說剛剛在跟A大和C大傳訊息時，我也有一點點小生氣，突然有點好奇我們群組聊天內容以後也會公開嗎？但總之呢，我認真想想應該是因為被戳中了才會生氣吧？雖然我覺得待在家裡足不出戶的生活還挺舒服的，但我其實沒有這麼滿意這個只待在家裡的我。不知道從什麼時候開始，要跟人見面就會很不自在，不單純指一對一的見面互動，光是來這種人多的地方就讓我有點痛苦。我有懷疑過是不是恐慌障礙，還想說是不是該去醫院看看。我是覺得應該不至於要吃藥啦，但感覺可以去諮商看看，可是要對我這輩子第一次見的人掏心掏肺實在是跟我個性很不合。我會覺得醫生哪裡懂我，應該只是假裝有在聽而已，這也只不過是個賺錢手法而已，哈哈，我是不是講得太直接了？但其實我自己也非常清楚這就是我的問題點，我沒辦法相信世界，不對，最精確的說法應該是我不相信我自己才對。我現在的方向對嗎？我寫的文章能動搖人心嗎？我真的有天分嗎？會不會現在的方向是錯的，只是我一直無法死心而已？對，我寫作時比起樂在其中，好像有更多的焦慮與孤獨吧。但我到現在還是無法放手，想想還真是太愚蠢了。總之，不管今天的我寫作是否順利，我還是帶著筆電出門了。現在要先來好好享用A大送我的蛋糕和冰美式。」

D　我用掉A大送我的禮物券了。

C　哇，是去了星巴克嗎？我怎麼這麼開心啊？

D 是因為你心地善良的關係，我還在星巴克。

C 好帥喔，我正在追《二十五，二十一》配啤酒，終於看完了。

D 你是說電視劇嗎？

C 對，我比較晚開始看，你有看過嗎？

D 有，我是看首播的。

C 哈，但你不覺得最後一集真的太過分了嗎？易辰和希度怎麼就這樣結束了啊？我現在因為那個後續風暴已經快發瘋了。

D 我想編劇應該有她的意圖吧。

C 為什麼要看電視劇？就是不想管那什麼狗屁現實，想透過電視劇代替實現在現實生活中不可能實現的那種夢幻愛情與希望啊。哈，結果最後卻這樣跟我作對，我真的邊看邊想著別鬧了。

D 呵呵，看你還會因為追劇這麼興奮，應該還很年輕喔，好羨慕啊。

C 怎麼感覺這是在取笑我啊？但你老實說吧，你剛剛被我唸說怎麼一直待在家裡，是不是有點傷心啊？

D 沒有啦，怎麼會呢？是多虧了你，我才久違來咖啡廳耶，看起來A大的工作好像很忙呢。

## #N的紀錄2　地鐵

「我現在久違地來搭地鐵，在車廂內講話感覺會太擾民，我就安靜地只開著鏡頭，製作人應該會自己找背景音樂配吧？我現在要去合作公司，等等可以稍微看到我工作的樣子喔，Follow Me。」

我正在前往品牌公司開會的路上，大家都以為有一萬名追蹤的網紅很好賺，但其實沒有，雖然相較於付出的勞動，確實是賺滿多的。

今天久違地搭了地鐵，上學時都是搭公車，坐在最後一排，把窗戶打開，閉上眼睛，就會感受隨著季節有味道變化的風在搔著鼻尖。每當這個時候，我就會忘記我是誰，因為我想空出一天什麼事都不想做的時間，所以我選課時把課都集中在每週四天，平常只會出門聽課，下課就回家。

我在學校不算是特別有存在感的學生，我們科系沒有太多分組報告，所以也沒有聯誼或系上聚會那些。雖然系代表傳訊息、打電話打到我很煩，但因為我討厭跟其他人有牽扯就直接退出群組了。光是原生家庭就已經讓我對人類感到幻滅，沒想到這樣的我居然還會出演紀錄片，還在群組裡聊天，真的是活得久了，什麼都可能發生啊。在很久沒搭的地鐵上聞到混雜在一起的味道真是噁心，好髒，還是忍一下吧，快要下車了。

N　我現在要去開會，今天睡比較晚就把課蹺掉了，現在人在地鐵上。但我真的不喜歡地鐵，好想快點出去呼吸新鮮空氣。

C　最近的地鐵已經算涼快了，還有大型換氣機。今天空氣品質不好，待在裡面應該會好一點喔。

N　啊，今天空氣品質不好嗎？我沒戴口罩。

G　看來我以後生存報告時也要一起講天氣預報了。

N　Thank U, Sir!

我一邊在群組回報，腦中正計算著要下車的站，突然發現有個身穿帽T、壓低棒球帽簷，甚至用瀏海把眼睛擋住，看起來跟我年紀差不多的男生上車。他的登場瞬間改變車廂內的氣氛，一股不祥的空氣籠罩四周，而現實狀況也符合我的預期。

「可惡。」他吐出口中短短的這句話，大家的瞳孔開始不安晃動。

『不是因為害怕大便才躲，是因為髒才躲的。』擔心我腦內想法快被對方看穿，所以我不明顯地往旁邊挪動兩步，迅速關掉攝影機。然而，那個人就跟其他對社會有所不滿的人一樣，他很機敏地看出誰才是弱者，要把誰當成獵物。

「喂，大嬸！」

他突然對著離他比較近的一位媽媽找碴。我從他的語氣讀出他的心思，這是我小時候自然而然學會的特長，當時的我好像會讀心術一樣，能讀懂其他人的心思，敏銳讀懂因為姊姊而不舒服的媽媽在想什麼，並且見機行事，畢竟這就是我的生存之道。現在那個人內心想的應該是：『不管是誰都好，我現在需要一個讓我對這破爛世界報仇的目標，如果那個目標是你，我會比較輕鬆。』

「喂，大嬸！妳是聾了嗎？為什麼不回答我！現在連妳這種貨色也開始無視我了啊？會被叫媽蟲❸也不是空穴來風啊，是不是？」

女人本能地緊牽著同行小男孩的手，男人嗤笑一聲說：「你長得還真帥啊。」並摸摸孩子的頭。我的雙臂豎起雞皮疙瘩，好似我才是當事人。

就在此刻，發生了意想不到的事，孩子用盡全力咬了男人的手。在他驚叫「你這臭小子！」的瞬間，媽媽立刻把孩子藏到身後，再用包包擋住本人身體，同時，站在附近的四、五名男性湧上壓制了那個男人。我也把握時機把這個瞬間拍成影片，在塊頭不小的他動彈不得時，地鐵安全人員因為某個人的檢舉而登場，事件告一段落。

N　哇，剛剛發生一件有點無言的事。不是有些人光看眼神就知道他有點不良嗎？剛就有個這樣的人搭了地鐵，他硬是對一個媽媽找碴，結果孩子咬了男人的手，原本站在附近的其他男人就制伏了那個××，最後是地鐵安全人員登場才讓事情宣告終結，但我到現在還是心跳得好快，這世界上什

---

❸ Mom＋蟲，韓國負面流行語，起初是用以貶低帶小孩出門卻沒顧好孩子的全職媽媽，後來延伸為所有育兒的女性。

麼時候有這麼多瘋子啦？

G　奇怪的人早在數百年前就有了啊。

D　但最近的世界走向確實是更難以預測沒錯，是因為變化速度也加快的關係嗎？我偶爾也會覺得暈頭轉向。

N　但為什麼要對沒有任何罪的人洩恨啊，好卑鄙無恥。

D　人類大部分都是卑鄙無恥的啊，我也沒辦法充滿自信地說我就不會這樣。

N　反正我今天同時遇到了低俗跟不低俗的人，心情好複雜。

G　是也不用因為這樣被動搖了，這個世界一直都是這樣的。

N　別用這種已經活完整個人生的語氣說話。

其實我的心胸一直都很狹窄，裡面被一堆沒有結論的想法塞滿，無法接受除了我以外的任何人。這或許是一種恐懼吧，要是有人侵犯我的世界，對我指手畫腳，讓我得承認我可能有錯，那我應該會就此倒下吧。所以我把真實的自我藏得很深，特別在意別人對我的印象的我，但也不知道從什麼時候開始，我也開始搞不清楚真正的我到底是什麼樣的人？我本來好像也不是這種樣子啊？我把我的記憶整段刪除，得益於此，我也成功地騙過了自己。可是這些人好像想把我那堅固的面具拆穿，想擊潰我的城牆，我內心的危機警報響起了。

## #G的紀錄3　烤肉店

「雖然現在還有點早，但我來到烤肉店吃飯小酌，這不是什麼贊助之類的，是我平常很常來吃的店，他們家烤肉真的很厲害，各位看看這個色澤。我沒有拍到招牌喔，拍得很好吧？來，把五花肉放上烤盤，有聽到聲音嗎？油滋滋的烤肉聲，熱滾滾的大醬湯，好像ASMR節目[4]喔哈哈！因為我們不能在神聖的烤肉面前做蠢事，今天的Vlog就到此為止，我會跟朋友度過美好時光的。」

我最喜歡的午餐組合如果是SUBWAY三明治，那跟別人共進晚餐的最佳組合

[4] Autonomous sensory meridian response縮寫，意指藉由五感刺激大腦，產生愉悅感。

肯定得是熟成五花肉。在家烤肉的味道太重了，光善後就是個大工程，但如果吃著別人幫你烤好的上等烤肉，再跟心意相通的人小酌一杯，就會湧上一股「啊，這個世界還是值得活下去的」的念頭，今天我也跟她一起造訪了這家店。

「你也真是夠有一貫性了，這家店你都吃不膩嗎？」

「完全不膩，有我能一個人常來吃的店是件多麼心動的事啊！妳還記得我們大學時期常去吃的辣炒年糕店嗎？」

「好吃小吃？」

「嗯，那家店已經收了，我聽說這個消息的時候都要哭了。」

「你還真感性耶。不過也是啦，是因為夠感性才會做這件事吧。」

並不是因為我感性才有辦法做這件事。也不曉得是因為我夾在吵架吵到連我都膩了的父母間，一邊仲裁一邊長大，還是天性使然，我對於要探索內心，共情他人已經是理所當然的習以為常，是類似生存本能的東西，因為我必須要想辦法理解喝醉就會打媽媽的爸爸，才能在那個家裡呼吸。

「人為什麼就是沒辦法一個人呢？」

她瞪大雙眼反問我：「你怎麼突然講這個？是要講爸媽嗎？」

我點點頭，接著說：「那個一直打我媽的人，我媽到底是喜歡他哪一點才會一直跟他生活呢？」

「我稍微能理解你媽，她應該不是能在男女交往關係中，單純因為不和就能輕易分手的類型。」

她空腹乾了一杯燒酒。

「越是複雜的問題，答案往往都越簡單不是嗎？我真的完全沒辦法理解。」

「你何必硬要理解呢？你媽媽就是選擇要這樣過她的人生，並且堅守於此。」

「那我呢？」我不自覺地大聲，看到她瞬間皺起來的臉才驚覺有點不對勁，這種時候需要的就是火速道歉。

「抱歉，這不是要對妳生氣的事。」

她冷靜地回應我：「你媽媽是因為你才活的，我就算沒有小孩也沒辦法輕易放棄婚姻，結婚就像我們人生中最重大的決定，像我更是沒有被任何人強迫，完全是基於我的個人選擇才晚婚。但我如果連這個也放掉了，就會有種我整個人生都失敗的感覺。」

「妳覺得不幸嗎？」

我小心翼翼地問，她非常堅定地搖頭。

「這不是這麼單純的問題，人生怎麼可能三百六十五天都幸福，或是三百六十五天都不幸呢？我只是覺得結婚這件事好像能發現新的自我，會對連我自己都沒發現的那一面感到驚訝。那你覺得對方會怎麼想？就是互相忍讓支持，也累積義氣。」

聽到她這麼誠實的回應，我內心有點鬱悶，但也有點麻麻的。

「我不懂那些，但如果我媽真的為我著想，就會離開那個家。」

「你爸不是對你不錯嗎？你到現在還是這麼恨他嗎？」

「妳也知道我是很能理解他人的，但我最沒辦法理解的人就是我爸，不對，我可能更不理解我媽吧？都被打成這樣了，隔天要是對方求饒又能當作沒發生過這件事，她怎麼有辦法接受這樣傷害自己的人啊？妳有辦法理解嗎？」

「換作是我也不會選擇這種生活的，但我好像能理解你媽媽的心情。沒有經濟能力，兒子又是與生俱來的聰明，應該是抱持著『只要我忍耐就好』的心情在吞忍吧。」

「我媽從沒問過我的心情跟想法，她以為我為什麼成績好？是因為讀出興趣嗎？才不是，是因為我需要一點可以專心投入的事，那件事剛好是讀書。」

「但兩位現在過得還不錯吧？你就過好自己的人生吧，還要在這種無法擺脫父母問題的狀態生活到什麼時候？」

「就是抱著解決不了的課題過生活的感覺啊，我要完全理解了才能真正解放我自己，但實在不知道這輩子能不能完成。」

「世界上的任何一件事都是有辦法完全理解的嗎？有些問題是直到死的那天也無法理解的，希望你可以接受這個事實，我看你隱約也是個完美主義者喔。」

「我同意，都這把年紀了還這麼放不下，哈哈。」

「你該不會是因為這樣才不結婚的吧？」她含蓄地問我。

那個當下，也不曉得我是調皮勁發動，還是想用玩笑隱藏我的真心，不自覺迸出了這句話：「妳是真的不知道才問的嗎？是因為妳啊，妳拋下我自己嫁人了，開心嗎？」

雖然我不確定是誰發明了「最怕空氣突然安靜」這個說法，但真是非常精確的表達。她的臉瞬間僵掉，用比冷凍庫更冷的聲音說：

「你少拿我當藉口了，講這種話有趣嗎？這種事你也能當玩笑啊？」

我很慌張，腦中不斷運轉著該怎麼擺平這個狀況，但我的嘴卻又隨隨便便地開起嘲諷：「對，不是妳的錯，是我的錯，都不告白的傢伙可不能這樣講。」

「如果你要繼續讓我這麼不自在，那我要先走了。」

我也不自覺嘆了口氣，是啊，雖然我們是朋友，但我對她而言永遠都是乙方。擔心她就這樣走掉，擔心她不再見我了，會擔心她離開我而一顆心七上八下的乙方。

我突然有點生氣，這種上下關係是不是到死也不可能改變了？為什麼她明知我的心意也還是佯裝不知？是我抱持著這是最後一次的心態問：「可是銀荷，妳是真的不知道嗎？妳不會不知道我的心意吧？是妳明知道還佯裝不知走掉的……是妳丟下我的。」

她一副無法承受如此真摯的氛圍，瞥了我一眼。

「現在是要找我吵架嗎？你感覺有點醉了，今天先到這邊吧，我老公應該下班了。」

她都知道，她現在是故意提起她老公，再次跟我劃清界線。

她起身走到我旁邊，一邊俯瞰著我，進行無言的催促。但我沒有任何動作，只是靜靜地看著她。她雖然一副拿我沒辦法的樣子又坐下來，但她的目光沒有看向我，也沒有看向任何東西。

她自言自語地低聲說：「這種說法你應該也沒辦法理解吧？我第一次說，也是最後一次了。你對我來說是非常珍貴的人，如果我失去你就會沒辦法支撐下去，就連現在要跟你說這些，我也是非常害怕的。我們的關係維持在這個距離是最剛好的，這是我得出的結論，很抱歉我明知你的心意還一直假裝不知道，但對我來說，這是不會失去你最好的方式。」

聽著她的真情流露，我心裡一陣發酸。也不曉得是因為酒勁上來，還是因為聽到這出乎意料的告白，我也突然湧上一股勇氣。那天晚上的音樂很甜，好像全宇宙只有我與她存在。要不是今天，我就算快死了也不可能再搞出今天這樣的事。正當我這麼想的時候，我的嘴唇已不知不覺朝著她的嘴唇前進。

B　我剛下班到家了，真是好累的一天啊。雖然等紀錄片播出大家就會知道，我平常都用冥想作為一天的結束。有興趣的人也可以一起試試看喔，我把連結放在這邊，今天大家都辛苦了。

G 啊……冥想很不錯耶，剛好我現在的心情也亂糟糟的，我一定會點進去看的。

A 我正在下班的路上，好不容易才終於截稿交出去了。喔？但也有其他人推薦我這個頻道耶，好神奇喔，冥想真的這麼厲害嗎？

B 一開始會覺得滿困難的，但是做著做著就能漸漸找到內心的平靜。

A 內心的平靜！那這正是我現在需要的頻道啊，既然有兩位的推薦，那我一定會找機會點進去看，今天太累了。

B 嗯嗯，我沒有要強迫大家的意思:)，我也只是看著已上傳的影片跟著做而已，一個禮拜會直播一次，到時候再一起做吧。

A 好喔>>

G ☎我們打語音聊天吧~

A 喂？天啊？這是什麼？我們聲音會先公開是嗎？

B 你好，我是B。

G 你好，我有點醉了，也很好奇大家的聲音才鼓起勇氣。

A　是嗎？總覺得有種轉換心情的感覺，不錯耶！但G大是不是在外面啊？背景音聽起來有點吵雜。

G　對，我現在在回家路上，謝謝你們接了我突然打的語音通話，但我也是第一次這樣做，還真尷尬啊，我們要聊什麼呢？

B　其他人好像很忙，都好安靜。

D　大家好，我是D。啊，大部分的人應該都知道了，我今天去了星巴克工作，對，謝謝A大。

A　我太忙了，剛剛沒空確認聊天室，原來已經去了嗎？我好欣慰喔！

D　是，您會有福氣的。

G　真溫暖，真好。

A　但G大為什麼說今天心情亂糟糟呢？

G　哇，這種細心還真不錯，我還想說話題是不是就這樣帶過去了，居然還有人注意到。

A　我們是不是有點太吹捧對方了啊？

B　在這種叢林般競爭的世界裡，至少還有我們這樣也不錯啊。

D　其實我也有點擔心，要是實際見面了感覺會尷尬到爆。

A　我反而覺得不會耶，感覺會更快敞開心房。

B　我也同意，初次見面之所以沒辦法輕易敞開心房，是因為對彼此掌握的資訊太少的關係。

A　對啊，不知道該公開我多少事情，也完全不曉得這些人會怎麼評價或判斷我這個人。

D　沒錯，想到對方可能會隨便評價我這個人，真是覺得糟透了。

G　所以我們這種關係是很珍貴也特別的，不知道對方的年紀或職業就能保障匿名性，但又都有一個人住的共通點，就有共同話題可以聊。

A　不是，所以G大今天到底發生什麼事啦？如果你不想講也可以不用說。

G　啊，我是還滿想找個出口分享的，但都這把年紀了又覺得有點丟臉。

A　什麼事？你這樣講反而更讓人好奇了。

G　我有一個已經認識很久的女性朋友，我們大學是同個社團的，已經認識三十年了。

A　感覺挺有趣的，啊，但不是單純的好奇心而已，請別誤會，然後呢？

G　我喜歡她真的……滿久了，今天也不曉得酒勁還是膽量作祟，我告白了。

A　天啊。

B　結果呢？

G　我不確定她是生氣還是慌張，沒多說什麼就離開了，哈哈。

A　我的老天。

G　我已經藏很久了，她是我很像靈魂伴侶的朋友，所以很擔心會失去她，也怕我們的關係會變質，所以才一直忍著不說，但我也搞不懂我今天到底是基於什麼心態才這樣做。

A　情有可原啦，所以你現在很擔心嗎？

G　比起擔心，其實滿明顯能感受到一股痛快的，因為我很確定這個朋友不會因為這樣子就直接跟我絕交。

A　靈魂伴侶聽起來好帥喔……我也一直夢想擁有這樣的關係，但現在也沒把握能不能擁有了。

G　我曾經想過，我們人生這趟旅程應該都是為了遇見那唯一一個能完全理解自己的人吧，這樣說起來我好像真的很幸運耶。

A　這句話好棒喔，我真的藉由這個群組受益良多。

B　這感覺是個值得思考的議題，也能反思自己能不能在某個人心中，也成為這樣子的人。

D　我覺得這有點奇幻耶，跟他人心意完全相通一致是真的有可能發生的嗎？

G　我也不是刻意要探討艱澀的議題，只是我今天喝多了，也犯了不像失誤的失誤，才變得比較敏感，剛好也很好奇大家的聲音。先祝福大家有個美好的夜晚，我先掛電話了。

## #B的紀錄2　家

「今天是非常非常累的一天，今天跟平常一樣很晚下班。其實換作是其他時候的話，我也打算用冥想結束這一天，但今天沒那個心情，打算吃個炸雞配點酒就要去睡覺了。剛剛我跟群組的人第一次通話，原本我們都只用訊息聊天，聽到其他人的聲音感覺有點奇妙，但也有點新鮮。我一直認為我是很能在人際關係中保持適當距離的人，但最近覺得那個界線好像有點模糊了。一邊維持禮貌，但也不要把我的全部展現出來，該說這是我的鐵則嗎？不過我自己一個人也能玩得很開心，一直以來都沒覺得這種生活有太多的不便。但在這邊認識了這些人，會確認彼此的生存狀態、問候彼此、分享今天發生的事，該說這讓我內心澎湃嗎？但又會覺得大家這樣分享自己心情是對的嗎？啊，感覺我今天都在胡言亂語呢，總之我今天跟平常不一樣，打算跳過冥想這件事了。等等喔，有訊息進來了，那麼今天的Vlog就到此為止。」

N　不是，大家是撇下我聊語音嗎？我剛洗完澡出來，這是怎麼回事？

C　我也沒接到，好可惜喔，還是我來打？

N　但你不覺得現在打的話，只有我們倆在嗎？

C　不會的，我們有六個人，但已經有三人已讀了，這表示有一個人正在看……

B　是我。

N　你還沒睡覺嗎？你們剛剛用語音聊了什麼啊？不是，文字訊息至少還能留下證據，但通話內容就不得而知了，這讓我超級好奇啊。

B　也沒聊什麼，就是講些覺得有這個群組很棒，G大今天心情有點亂，只聊了一下下就掛斷了。

N　G大為什麼心情亂啊？

B　這好像不是我能分享的事情。

C　哇，真的好好奇。

B　我個人認為，他明天早上起床應該會邊踢被子邊想著自己昨天到底在幹嘛吧。

C　但人本來就沒辦法隨時完美啊，總要有點失誤才有人性，但那個冥想直播什麼時候要播啊？

B　明天晚上九點。

N　直播會有很多人看嗎？

B　當下收看人數應該有一百人左右吧，其實那個頻道講塔羅更有名，但最近冥想相關的內容也漸漸有人氣了。

C　那我們明天一起去那個頻道如何？

B 我個人是每次都會進去啦。

N 好哇，感覺會很好玩！

B 但其實冥想並不是因為好玩才做的。

C 不是，這個好玩並不是指那個好玩，該怎麼解釋呢？我們一起去做某件事本身就很好玩啦。

B 這倒是。

N 那個，所以我們能線上聊天嗎？

B 為了冥想才點開頻道，非要在那邊文字聊天的原因是……？

C 總不會直播一開始就冥想吧？

B 對啦，是有跟頻道主聊天的時間沒錯。

C 其他人也都會聊嗎？B大的暱稱是什麼？

B 啊，我……我也不知道耶，從來沒聊過。

N 那我們各自用看不出是誰的暱稱進去聊天，來猜猜對方是誰吧。

C 哇～好耶，這樣就更好玩了。

B 那今天也有點晚了，我就先睡覺了。

N　哈……我覺得晚上好可怕，希望今天能讓我早早入睡。

B　啊，失眠！我三年前也很難入眠，都要吃藥才能睡覺，但副作用真的太嚴重了。

N　副作用？

B　雖然這因人而異，但我白天該專注的時候實在太睏了，那個是叫譫妄嗎？反正會看到一些奇怪的東西。

C　哇，聽起來超恐怖。

B　所以我就停藥了，現在白天吃完午餐一定會到外面曬曬太陽再進辦公室，過段時間就好多了。「時間就是良藥」還真不是隨便說說的，冥想也給了我很大的幫助。

N　這程度幾乎稱得上是冥想讚揚論者了吧？

B　哈哈，是嗎？喔對了，也可以嘗試半身浴，滴個四、五滴薰衣草精油，再泡十五分鐘左右的半身浴會放鬆很多。

N　聽起來好像什麼睡眠障礙的專家喔，看來是三年前發生過什麼事嗎？

B　事情都過了，但當時分手比較劇烈一點。

C　啊……

B　如果大家這麼沉默，講這話的我會有點難為情呢，哈哈，但反正都已經過去了，我也已經克服了。

N　你會遇到更好的對象的。

B　這個文字完全感受不到靈魂耶，呵呵，在這裡聊天總會覺得，這裡好像不單只是孤獨的人們，比較像是受傷的靈魂聚會呢。

## #B的紀錄3　家

「我跳過冥想，享用了炸雞啤酒，睡意卻煙消雲散了。這不在我的計畫之中，但反正也睡不著，我就打開攝影機了。當人開始適應某個東西之後，從某種角度來看也是挺可怕的，感覺一星期後的我好像也得來開個直播，可能也會覺得很空虛吧？我先來喝一口啤酒。我的職業特性是凌晨出門上班，深夜下班，所以通常不會在這個時間喝酒的。可能是我也比較鬆懈了吧？感覺是。一開始收到節目邀請的時候，我還以為既然都是些孤獨的人，應該會很排他和自私，結果是我錯了，哈哈。我反而是久違地得到某種活得像個人的感覺，既然他們是不知道我過往經歷的人，反而能用更沒偏見的角度看待我，並為此為我加油的感覺反而舒服。我好像有點醉了，今天先到這邊吧。」

回顧我的童年與學生時代，我的個性好像也不算封閉，但也不屬於非常外向的那一種，就是個擁有一定程度的親和力，跟每個人都處得不錯，不是特別顯眼的普通人。在大學畢業、踏入社會後，我也漸漸有了改變。在酒酣耳熱之際，沒多想就說出口的創意點子被他人盜用，處於需要業務合作的位置時，也會因為大大小小的非議讓我感到洩氣。但讓我變得像刺蝟一樣豎起尖刺的最大契機，是在我得知原本跟我談辦公室戀情的女孩的真面目那天開始。

在新進員工說明會上，我對初次見面的她一見鍾情，就跟「打噴嚏跟愛情都藏不住」這句話一樣，我們是大家公認的辦公室情侶，自由自在地一邊工作，一邊談戀愛。但即便身處同公司，我也對她的雙面生活始料未及。雖然也可能是因為身處不同部門，但能隻手遮天的最主要原因，應該是因為有幾個緊咬著牙幫忙掩蓋的人才辦得到吧？但最讓我感到痛的，並不是被最信任的斧頭砸腳背，而是在那之後我就失去了對人的最基本信任。

## #G的紀錄4　街道

『昨天的我真是糟透了，但我也沒辦法聯絡她，我人生中不會再有第二次像昨天那樣鼓起勇氣的事發生了。』我一邊想，一邊跑步。太陽曬乾的T恤香味給了我安慰，該慶幸至少天氣很好嗎？以我的標準來說，滑板車的適當時速為25公里，但即便有適當的緊張感與晴空萬里的天空，也完全沒辦法幫我忘掉昨天的事。我甚至覺得乾脆出個車禍算了，那她應該會來探望我吧？她看到我會露出什麼表情？會傷心嗎？會疼惜？還是會埋怨我呢？我們之間就只有昨天那一天出了差錯，卻讓我覺得我的一切都失敗了。但我還是會藏起私人情緒與表情，專心工作的。

「我今天使用的是頭戴鏡頭，我平常上下班都是騎滑板車，大家還滿意周遭風景嗎？喔對，大家昨晚睡得好嗎？其實我昨晚完全沒睡，因為實在找不到辦法斬斷那環環相扣的想法。我本來是個只要躺床就能倒頭就睡的人，沒想到都五十歲了才開始經歷這些有的沒的。我看真的是沒辦法了，所以今天呢！我決定勇敢地玩一波！這個突然轉向嚇到大家了吧？我現在要去打網球，思緒複雜的時候得去活動身體才會好一點，畢竟用這種心情去工作只是給大家添麻煩而已，祝大家有美好的一天。」

G　生存，沒辦法跟大家祝早安了，這是一個宿醉的早晨，天氣倒是不錯。

A　心情好一點了嗎？

G　哈哈，怎麼可能？我昨天有滿多失言的，還請大家忘掉吧。

A　你昨天說了什麼啊？我想不起來。

G　哈～真有Sense！

A　那你解酒了嗎？

G　嗯，我剛剛喝了煉乳拿鐵。

A　解酒咖啡真不錯，我今天比較幸運，是個Good morning，截稿後這幾天都很閒。

G 恭喜你，也請你恭喜我吧。

A ？？？

G 我勇敢拋下工作，要去運動了。

A 哇，我覺得G大好帥喔，到底是從事什麼工作才能這樣說蹺班就蹺班啊？

G 之後會陸續公開吧，上年紀的最大好處就是下判斷的速度更快了，像今天這種日子，就算我去上班也是妨礙大家而已。

B 早安啊，我昨天思緒亂糟糟的，吃了炸雞配啤酒才睡，結果身體好沉重。

A 今天是冥想直播的日子對吧？我們真的有要玩猜暱稱的遊戲嗎？

B 如果大家願意的話就玩嘍。

N 嗯嗯。

B N大昨晚睡得好嗎？

N 超好，自從有了這個群組，我現在都很好睡。剛好之前也有人送我薰衣草精油，我昨天還泡了半身浴才睡，我現在好像要飛起來了！

G 這是我們群組的正向功能呢，孤獨的我們相遇後，正在變得不孤獨！

C 對啊，坦白說我還覺得挺孤單的，之前每天都是透過跑步紓壓，但感覺身為一個人類，透過對話紓壓還是挺重要的。

D　這好像是第一次明明還這麼早，但大家都醒著耶？我因為久違的進度順利，就熬夜了。認真工作一番反而覺得神清氣爽，真好。我剛去了趟汗蒸幕，現在回到家要來補眠了。

B　好羨慕D大啊，這對我這種平凡上班族來說真是令人稱羨的小放縱呢。

D　哪有什麼好羨慕的，所謂平凡就是偉大，沒有比這更偉大的事了。

C　沒錯，在旁人眼中看似平凡其實是件很難的事，能擁有規律日常也是件幸福的事。

B　這樣聽起來好像也是，哈哈，隨著年齡漸長，也開始會對一些微不足道的小事感恩。

A　對啊，我爸去年受肺炎所苦的時候，我突然覺得超害怕，那是我第一次知道肺炎是這麼可怕的病。爸爸咳嗽完全停不下來，當時每天都很緊張萬一發生什麼事該怎麼辦。

D　突然覺得我好像是個不孝子呢，老大不小了都不結婚，也沒辦法穩定賺錢，明明已經是該照顧父母的年紀了，結果我媽到現在還在打包小菜給我吃。

A　這部分我也一樣啊，其他人都已經結婚抱孫子回家了，但我忙起來也還是我媽幫我打掃。我只有人搬出來而已，反而是媽媽變得要來回跑，好像更辛苦了。

D　到底要到幾歲才算懂事呢？

G　我已經一把年紀了，還是不懂事啊，呵呵。

N　其實我個人對媽媽沒有太好的情感，這些對話讓我好不自在啊，感覺是另個世界的事。

G　啊！那既然現在是大家正要開啟全新一天的時間，就各自去忙吧，晚點冥想再集合嗎？

N　好。

A　好2。

C　OK唷。

B　好的。

D　好的，到時候見。

## #C的紀錄4　漢江

「今天天氣好，空氣也很乾淨，所以我來到漢江跑步。我戴了電視台給我的頭戴式攝影機，聽得到我的聲音嗎？其實看不到我的臉應該也沒差吧？用第一人稱視角看看上午的漢江風光，感覺怎麼樣呢？看得清楚嗎？哈，我好像變成什麼記者了耶？我先加速跑一下嘍，呼呼。有看節目的人就會知道，我的興趣是跑步。哎呀，因為有點喘了我先走一下，不久前我還有在環保慢跑，那是發跡於瑞典的運動，一邊跑步一邊撿垃圾，該說是會有種自己變得更有價值的感覺嗎？反正就是會有我也為地球盡了一份心力的感覺，自尊感也隨之提高很多，所以我也強力推薦大家可以嘗試看看。噢！那隻出來散步的狗狗好可愛，想到大家會跟我一起看著我看到的東西，還會一起共情，就覺得不孤單了，感覺真好。只不過是在頭上戴了一個攝影機罷了，就覺得自己不是一個人。啊是，哪位？等等喔，我晚點再開。」

在我獨自走著的時候，有個男人靠近我搭話。起初我還以為他要問路，結果不是，他是想要我的IG。雖然一陣慌亂，我還是利用三秒鐘快速打量他，看起來是不像壞人啦……正當我出現這個想法，心跳突然加速，但我處於無法給予任何回應的處境，就只能喊著「不好意思」，落荒而逃。

C　啊，我好像笨蛋嗚，心情怪怪的。

A　發生什麼事了嗎？

C　我剛剛在漢江跑步，有個男人突然跟我搭話。

A　哇嗚，好有趣，噗通噗通。

C　一開始我以為他要問路，結果是要問我的IG。

A　天啊，然後呢？

C　我太慌張了，說句對不起就繼續跑了。

A　蛤，怎麼這樣？怎麼輕易放掉這種可以曖昧一下的好機會啊？

C　但其實我也沒那個資格。

A　愛情哪有什麼資格不資格的？而且這個人也沒跟妳告白啊，他只是問了妳的社群帳號而已，為什麼要這麼害怕？

C　這部分我也還沒做好心理準備。

G 我完全可以理解C大的心情。

N 不是，G大怎麼這麼突然？

A 是在講女性友人嗎><;;有聯絡了嗎？

G 沒有，哈哈。我也還沒做好心理準備，但至少去動一動流汗，現在也比較有頭緒了。不管是大腦還是心情，覺得很複雜的時候就只能思考一件事，到頭來我想要的，期盼的到底是什麼？

A 年紀果然不是虛長的，我也想過如果是我會怎麼做，但這真的好難。要是裝作若無其事聯絡對方，她應該會覺得很荒謬；但如果要道歉，又覺得喜歡對方的感情沒有錯啊，為什麼需要道歉？我真的覺得愛情是這世界上最難的事。

B 其實有八成的痛苦都來自人際關係吧？雖然用功讀書就能得到一定程度的成果，但關係或愛情並不是光靠努力就能實現的。只能盡我所能去做，如果不成也沒辦法。總之我今天得到了G大的感召，請了半天假，晚點就要下班了。認真想想我這個人生也真是太不願意放手了，這麼大一間公司又不會因為我一個人稍微不努力就無法運轉，我也不會立刻被解雇，感覺到頭來都只是我的野心作祟而已。

A　哇，那你要去哪？

B　漫畫店。

A　肯定很有趣，我也好想去。

B　要一起去嗎？

A　喔？可以嗎？

G　應該不行吧，我們都不能私下聯絡了，私下見面應該更不行吧？

B　也是，但為什麼會禁止我們私下聯絡啊？還是我去問問製作人？

C　對啊，我也滿好奇的。

## #D的紀錄4　星巴克

「我今天也來星巴克了，坦白說我前段時間是想因為省錢，畢竟已經好一陣子沒收入了。聽說最近年輕人在流行無支出、無消費，但我也不年輕了卻過著這種生活，哈哈。但我昨天突然認真思考，我省下一天一杯四千五百韓元的咖啡錢到底獲得了什麼？卻也想不到答案。這裡比我的屋塔房更涼快，觀察人群還能突然出現一些靈感，所以我決定勇敢投資這四千五百韓元。現在時間是下午一點半，我就開著攝影機專心寫作了，反正製作人會好好幫我剪輯吧？先告退嘍！」

我其實對於跟他人締結關係這件事是存疑的，我認為把那些時間拿來探索自我或世界會更有意義。他人只是會消耗我的存在而已，而且這對我的人生毫無幫助。但我直到昨天才終於意識到，其實我已經等待這個瞬間很久了，在我無法獨立站起來的時候，卻能因為某人的一點好意站起來，即便我們不是多深刻的關係，但那份為我著想的心也自然而然地觸及了我。這也讓我想起了過往的某段回憶，在我努力生活的某一天尾聲，我想起我靜靜坐在浴缸，觀察著包覆著我的溫暖水流的記憶，我敏銳察覺了內在變化，並且直覺是時候該動起來了。我用退一步的客觀角度，看待那個覺得沒人能了解我而築起高牆的自己，一直以來都無法傾訴創作的痛苦也讓我感到痛苦萬分，不是，我是對那些把我的痛苦想得太輕微的嘴臉感到憤怒，但或許是我對人類的期待比他人高出太多了也不一定。

D　今天的主題是愛情嗎？呵呵，我今天也來星巴克了，謝謝替我打開這扇門的A大。

A　哎呀，我也沒做什麼偉大的事啦，應該是D大內心深處也有著想改變的期望吧，我只是碰巧觸碰到了那一塊。

G　今天的群組也很溫馨呢，所以B大抵達漫畫店了嗎？

A　他現在應該忙著看漫畫吧？>>我最近腸胃不舒服，真的好折騰人啊，本來還以為是我到昨天都還在忙截稿才會這樣，但怎麼連今天也還是這樣啊，真的好痛苦。

C　怎麼辦，肯定也很有氣無力吧？

A　對啊，我根本不知道腸胃不適這麼折磨人。

G　你去醫院了嗎？

A　有在定期回診，說是因為壓力，我也有按時服藥，還會喝高麗菜汁，但不曉得是不是心病的問題，反正都好不了。

G　什麼心病？

A

我看這邊好像是什麼告解室之類的地方喔？最神奇的就是我會不自覺地侃侃而談。大概在六個月前，我經歷了一場亂哄哄的分手，現在的我太清醒，沒辦法說得太詳細，但那件事讓我覺得人生為何要給我這種考驗？我以後該怎麼活下去？是個毀掉我一切的事件。在那之後，我吃什麼就吐什麼，一下就瘦掉超過五公斤，也變得不太跟人見面了。或許是一種連續性的惡性循環吧？也不曉得是不是傷痛認出了傷痛，才會在看到D大足不出戶的樣子，會想著這會不會也是因為受過傷的關係？所以我才想要做點什麼，希望能幫上一點忙。但得到的回應這麼大反而讓我有點不知所措，可是也讓我有點療癒。這讓我覺得，原來我不是一無是處的人，原來我也是個對他人有幫助的人。老實說，在我被拋棄之後，就覺得自己好像變成沒人要撿，也不能回收的一般垃圾，不是有那種沾到辛奇汁就不能回收的免洗容器嗎？類似那種，但最糟糕的還是我那個忍受不了我自己的心情。

G

看來分手的傷痛影響很大呢。

A

我年紀也不小了，大家也都在經歷分手，但他是我第一個男朋友，也交往很久。在信任崩塌後，我也對所有關係都打上問號了。反正人類到頭來都是自己一個人，也不會有人替我縫合傷口，但至少我拍了這個紀錄片，遇到各位，好像也在慢慢復原了。一開始我對於沒辦法快速復原的自己非常生氣，但每個人都有各自的速度嘛，即便面臨相同的事，有些人因為心理韌性比較強就能很快振作起來，但也有人要花很長的時間，我現在也比較能接受我就是這樣子了，心情也舒服很多了。

G　為你加油。

A　我也為G大加油^^。

B　本粥

大眾牛肉蔬菜粥

訊息

「我也為你加油。」

B　我比較晚才看到訊息，作為一個三年前也經歷過不愉快分手的人，我好像能稍微理解A大的心情。但不要因為腸胃不舒服就挨餓，可以分裝成小份打包，慢慢吃。

A　哈……我覺得我要哭了。

B　我這也是學你的啊，善良的影響力>>

A　你在看什麼漫畫啊？好看嗎？

B　你知道《生存系列》嗎？

A　天啊！那是我學生時期很有名的！

B　呵呵，看來我們是同年代的喔，睽違十五年重讀有種換氣的感覺，真不錯。

## #N的紀錄3　房間

「大家好，猜猜這是什麼？你們覺得這裡面裝了什麼？就是跟我一起同居的蝸牛『嚼嚼』！給牠生菜、紅蘿蔔之類的東西，牠就會嚼嚼嚼的樣子超可愛。牠現在躲在土裡看不到，但我要換土了，大家應該有機會見到這小可愛喔。有看到牆壁上的橘黃物體嗎？這是蝸牛的便便，聽說蝸牛沒有分解和吸收色素的膽汁，所以吃什麼就會從牠的便便顏色看出來，牠有在吃紅蘿蔔，還真是個連大便都很正直的傢伙呢。一天用噴霧器幫牠灑一到兩次水，再放蔬菜進去，偶爾幫牠換土，看著嚼嚼長大就會比較安心，那種不用替牠做太多事，也會一直待在我身邊的存在其實也不多嘛。等一下，我確認一下私訊……呃，我現在有點……有點恐慌，這也太過分了吧……啊，這種時候該怎麼處理好呢？我只覺得這個世界越來越瘋了。我到底做錯了什麼事才要這樣咒罵我啊？真的太悶了，我要先去群組問問。」

手一邊發抖，心跳開始加速，心想著：『這是在寫什麼東西？』我緊皺眉頭，開始一個字一個字重讀。

妳的人生也不過只是空殼而已，與其花這麼多時間當個空殼，先打磨一下內在如何？妳肯定不知道我看著妳這張臉有多噁心、多想吐，拜託妳不要再玩IG，像死人一樣生活吧。希望這是我第一次，也是最後一次的警告，我只要願意，隨時都能殺了妳。

雖然這段時間以來，我也收過不少奇怪的私訊和惡評，但這次的感受真的不太好。我到底是對他人生造成什麼危害，他才要特地跑來我的個人帳號，費工夫寫這種私訊給我呢？總覺得好像有人不斷揪緊又鬆開我的心臟，我的胸口很悶，我在房間不斷來回踱步，該怎麼做才能平復心情呢？

N　今天也覺得這個群組好暖啊，我剛剛收到一則私訊，心情好差。

C　是什麼內容啊？

N　這太傷自尊了，我不太想說，但簡單講就是對方希望我變得不幸。

A　啊……別太在意別人說的話了，世界上好像真的有很多遊手好閒又令人心寒的人類，所以我很累的時候都會想著，不要被別人搶走我的主導權。

N　什麼？？？

A　因為這是我的心情、我的人生啊，我一直告誡自己不要因為他人的一句話把我的人生變得亂七八糟，陌生人也只是陌生人而已。

N　啊……確實，但真的收到這種東西的時候，心態會被影響一整天。

C　大家都是這樣的，但如果在這邊發洩一下會不會比較好？我會耶。

N　確實，很神奇的是我一看到那封私訊，第一個想到的就是這個群組。

C　我常會想說人生哪有什麼大不了的，我們每個人都只是在索然無味中堅持，度過每一天罷了。不管過得好或不好，有錢或沒錢都一樣，人生就只是如此而已。青春期還會因為一點小事氣得發抖，大驚小怪到好像發生什麼天大的事情，但過了卻發現其實也沒什麼，不管怎樣都能過下去。

A　C大感覺好像是什麼快要悟道的人。

C　我曾經出過一次超級大包，其實沒什麼空閒去感受無聊，變無聊反而是我的願望，至少無聊可以證明沒有任何事情發生嘛。

N　聽兩位這麼說我也冷靜多了，認真想想其實也沒發生什麼多大條的事，有惡評只要提告就好，我會再做出更大一點的決心，謝謝。

C　其實我對於大家應該要和睦共處是存疑的，但最近這個想法也有點改變了。雖然一個人不錯，但如果能像這樣一起相處好像也不錯，至少就不會有獨自哭泣的事了。

A　我也是，當我出現「為什麼只有我這麼痛苦？只有我這麼想嗎？」的想法，或是找不到答案的時候，來這邊傾訴一下就會好很多。

## #B的紀錄4　家

「啊，有點尷尬。大家好，我今天想拍點不一樣的料理VLOG，剛剛去買菜回來了。因為平日都要加班，幾乎沒時間在家下廚，只有週末偶爾會煮，但今天真的是非常久違了，哈哈。製作人說可以拍我想拍的任何東西，但我怎麼想都覺得很難在公司拍攝，平常的生活又很一成不變，真沒想到居然還幹起這種事了！喔對，我今天蹺班，請了半天假去漫畫店，也去散步，過了一個悠哉的午後。我本來以為我是不太會被他人影響的類型，發現我有這種變化還挺神奇的。總之呢，因為我有了可以下廚的空閒時間，既然白天過得很快樂，那我的目標就是一天的結尾要吃點好吃的，開心上床睡覺。那麼現在就開始準備里脊牛排和馬鈴薯泥吧。」

或許是這幾天跟這裡的人變熟，心情也平靜下來的關係，就連VLOG也能舒服拍攝。是為了累積情分，所以總有人得展現出自己的弱點或縫隙？又或是因為有時要拜託對方，有時候也要接受拜託，得承擔那一點點的不方便才能讓關係變得穩固呢？我跟這些人的未來會怎麼樣呢？會因為陸續公開彼此的缺點或弱點，互相慰藉，終於遇到能理解自己的人而歡呼嗎？還是會像之前的關係那樣，淪為自以為是地判斷他人，替對方做結論，裝作給予忠告的樣子，但實際是給予傷害的普通關係呢？我現在不會先預期或斷定任何事了，意識到人生不會照著我的計畫走，是上了年紀的好處，也是壞處。

B　大家都順利下班了嗎？我去了趟漫畫店，回家吃過晚餐，現在在休息。我把整片客廳窗戶打開覺得好涼快啊，但其實有一點冷，哈哈。我們今天真的要一起冥想嗎？雖然見不到大家，但想到大家要一起參與就覺得有點微妙呢。

A　對啊，是因為昨天有聽到其他人聲音的關係嗎？也覺得跟大家有稍微親近一點了，感覺我們很像什麼論壇？還是小聚會之類的。

B　噢？各位，快開始直播了，我們那邊見喔。

G 對了！製作人叫大家要錄VLOG。

C 什麼？一定要嗎？不是啊G大，我們私下聊了什麼有必要通通報告給電視台知道嗎？哼！！

G 啊，是這樣嗎？我想說這是領了出演費的工作，大家的VLOG素材也不太夠嘛，所以才想說既然都做了，就讓節目有趣一點也不錯啊，哈哈。

A 我挺好奇會怎麼剪輯的，但我們群組聊天內容也會公開嗎？

G 天啊，我倒是沒想到這部分，女性友人的部分……啊啊啊>_<！

C 應該還是會尊重個人意見斟酌播出吧，對了B大，你有問過我們可以私聊了嗎？

G B大現在應該沒在看群組。

於是大家都為了看一個直播，在各自家中的電腦前集合。YouTuber低沉的聲音響起，正當大家要開始專注，某個按捺不住的人在聊天室留言。

「隨風飄逸的裙襬：這真的有幫助嗎？

「知道我是誰嗎？：真是的，我沒辦法專心了。

「救贖你們：我光是把呼吸拉長就很療癒了，遇到了新世界。

「知道我是誰嗎？：我不太清楚耶，是因為約好要一起冥想我才點進來的，但總覺得冥想是生活沒什麼太大問題，沒事做的人才會做的事，呵。

「誰都不認識：非要在這邊講這種話嗎？我覺得不太禮貌。

「知道我是誰嗎？：是我太真相了嗎？哈哈哈。

「路過的行人：我是為了看YouTuber姐姐才進來的，真的是很……呵呵，下略。

「救贖你們：但在這邊不知道誰是誰，真有點悶耶。

「路過的行人：喔？這裡只有認識的人才能聚嗎？覺得被排擠了。但反正我們YouTuber姐姐今天也很性感喔，管它什麼冥想，看看這個臉跟身材啊，真的超讚的呵呵呵呵呵。

「誰都不認識：樓上的，雖然這裡匿名，但你也未免太大放厥詞了吧？躲在匿名背後胡說八道，一點也不帥喔。

「路過的行人：又是哪來的老番癲在吵？唉唷，耳朵好痛。

「誰都不認識：我先離開了。

「知道我是誰嗎？：其實比起冥想，還是去旅行更適合療癒身心吧？我有陣子也很常去旅行，但現在因為種種原因，實在沒空，呵呵。

「隨風飄逸的裙襬：啊～旅行，光聽到這兩個字就很喜歡，很心動。

「知道我是誰嗎？：當我意識到在雄偉的大自然前，我只不過是顆微不足道的塵埃時，就會覺得人生也不過如此，這也是旅行的妙趣。

A　那個，我覺得直播聊天室的氣氛有點奇怪，所以我只有潛水。

B　我也直接離開了，怎麼偏偏今天有怪人進來啊。

A　啊，B大！要是裡面有我們的成員要怎麼辦^^;;

B　沒差啊，我本來就討厭沒禮貌的人。

A　但剛剛講到旅行，我還真的挺想出去玩的，你有問過製作人我們可以私下見面了嗎？

B　我太忙了，忘記打電話了。

A　只是擔心這會不會跟節目意旨有違而已，等等喔，我去看一下合約。

C　合約上沒有這類條款，企劃意圖也只有提到想呈現在不公開彼此資訊的狀況下，大家可以交流到什麼程度而已，倒是沒說不能見面耶？

N　但卻叫我們不要私聊。

C　應該是叫我們不要搞曖昧或談戀愛吧？這可能會讓原本的意旨失焦之類的，但反正私聊的部分，A大、B大和D大不也都互送過禮物了嗎？

D　感覺N大好像有點小心喔，既然合約沒寫，就也不會有什麼法律制裁啊。

N　所以是真的要一起出去嗎？我OK啊，走吧～

# 2

# 踏上即興之旅

晚上聽見的聲音是有顏色的，關上玄關門的聲音是深鈷藍色，Ａ被那聽起來特別大聲的聲音和色彩吸引，踩著輕快的步伐踏出家門。她抵達一個人煙稀少的社區公園，Ａ心想著『沒人嗎？』，一邊瞇著細長的眼睛四處張望，接著發現遠處有個人影，『找到了！』

「請問是Ｄ大嗎？」

Ａ走近對方，小心詢問，Ｄ的瞳孔瞬間瞪大，很快又恢復原本狀態。

「啊，我是Ｄ沒錯，妳是……？」

正在踩著漫步機的Ｄ就像發生故障的機器人，身體大幅度晃了一下，趕緊從器材下來，偷瞄Ａ一眼之後又低頭。

「我是Ａ，你好。」

Ｄ不知所措地回握了Ａ伸出的手，Ａ是個擁有清澈眼眸的女人，那雙眼神閃爍著好奇心，開始用不帶給對方壓力的方式觀察起Ｄ的臉。

「請問你是不是李音作家？」

Ａ的聲音聽起來有些不自然的顫抖，語調也像在乘風破浪似地升高。

「啊，是的。」

D對於身分被揭穿而慌張，頭垂得比之前更低了，他用一股要看穿地心的氣勢凝望著地面，在一絲清涼的風吹進尷尬的靜默時，氣喘吁吁的B靠了過來。

「大家都好早來喔，是A大和D大對吧？我是B。」

「你怎麼知道我們是誰？」

A看著B，心想著眼前這個男人跟在聊天室裡的說話風格很不一樣。

「群組通話時我有大概猜了大家的年紀，但其實我剛剛也是亂猜的。」

B意識到他那一副說著蒜皮小事的聲音，就像敏感的弦樂器一樣顫抖著。這種私人見面究竟有多久違了呢？明明也不是來參加聯誼，為什麼會這麼緊張？是因為深夜旅行的悸動，還是因為A身上有股濃濃的丁香味呢？他也不知道。

輕輕拍了A的肩膀詢問「紀錄片嗎？」的人，是在群組裡感覺充滿魄力的C。A覺得C也跟她原本預期的模樣有很大落差，跟那雙稚嫩瘦削的手腕和身形相比算是相對結實的身材，可能是因為有跑步習慣的關係吧。

接著是任誰看了都知道是G的人物登場，比起聲音，看起來年輕非常多的他揹著後背包，騎著電動滑板車像一陣風出現，自然而然融入群體。

「我是G。」

看到G的A單刀直入地問：「但我從一開始就很好奇，為什麼選G啊？是God嗎？神？」

G看著A，雙眼閃爍了一下，露出微笑，豎起大拇指。

「哈~A大！我根本沒多想就取了這個名字，但如果硬要賦予意義的話，因為大家都照著A、B、C、D依序取名，我想要顯眼一點就挑了Go的G，看來從今天開始，我要改成God了。」

此時，有人氣喘吁吁地從遠處跑過來，在眾人面前停下來調整氣息。

「大家都住很近是嗎？哇，看看這個召集力，真的都到了耶！」是N。

＊＊＊

夜晚的空氣絕對藏著魔法靈藥，每個人臉上都漾著興奮與熱氣，一陣似乎在責怪這股熱情的涼風吹過，但他們對這陣風卻有著不同解讀，好像在輕聲甜美地細語：「去哪裡都好，只有今晚允許這一切。」。

「哇，B自己住還開這種露營車嗎？」C表示讚嘆。

「這是我三年前買的，買的時候不知道我會這麼孤獨啊。我很喜歡露營，畢竟露營要帶的東西很多……」

B挑選著適當的詞彙有點遲疑，又趕緊轉移話題。

「我的故事不有趣，就不說了。」

坐在副駕的A一直用有點令人在意的眼神瞄著B，B越是不想看她，全身的細胞卻越向她傾靠，真是矛盾。也或許是因為這股緊張，他右手臂的青筋也更加明顯。B很訝異自己竟能如此大方提及自己的故事，也對於意識著A的自己感到一股陌生的異質感。

另一邊，A看著B緊握方向盤的結實手臂好不容易才忍住差點噴發的眼淚。也因為這樣，她緊咬的嘴唇有點痛，表情也有點扭曲。她還以為自己沒事了，卻沒想到竟然會在此時此刻想起那個人。A不自覺地輕嘆一口氣，突然說出毫無脈絡的話：

「人生還真的沒有半件照計畫走的事。」

「也是因為這樣人生才有趣啊？妳想想，要是我們都知道正確答案了，豈不是太無聊了，哪裡還有生活樂趣啊？」G沒摸清楚A的心思，輕快回答。

「但我還是希望至少能有個路標或指南針。」C大嘆可惜地癟著嘴說，大家也都點頭表示認同。

「那我們反過來思考好了，假設我們走錯路了，最終還是得走原路回頭重走，這樣不好嗎？就算走錯路也肯定有所體驗，也有得到經驗嘛？不對，我重新問一次，打從一開始就有所謂錯誤的路存在嗎？人生不都是走在這條道路上嗎？我最近很常思考這類問題，有時候走在花路上，有時候是荊棘路，運氣好的時候可以聞聞花香，有時候也可能會被石頭絆倒，但人生不就是如此嗎？」G一臉真摯地說。

「這樣講好像也沒錯。」A表示認同。

「我也曾有陣子只想走花路，相對來說，我也確實是這樣生活過來的。但要一輩子過這種生活是不可能的，就算今天很辛苦，明天不見得也會是這樣，所以我正在努力適應偶爾會遇到的泥濘路。」

「啊，太老掉牙了啦，我們現在是要去旅行耶！一定要聊這種陰鬱的事嗎？」N一副這輩子第一次看到這麼煩的人們的反應，抱怨了幾句。

「那我們邊走邊聽音樂吧？」

A一提議，B也不自覺地出現怎麼會想出這種好點子的念頭，甜甜地說：「好啊，那可以麻煩妳選曲嗎？」

A挑的歌是張弼順〈當我的寂寞呼喚你〉，離開市區一陣子後，要在周圍找到燈光就像一種奢侈，外頭暗得誇張，隨著這首歌的歌詞繼續唱著，車上的氣氛也隨之冷靜下來。

此時，N拍拍坐在前座的A的肩膀。

「那個，姐姐，音樂聲轉小一點。」

A好像剛從夢裡醒來的人，露出一頭霧水的表情，趕緊把音量轉小。

「我的人生本來就偏無聊也無趣，這是第一次參加深夜即興之旅，還是滿心動的，但我真的受不了這種過度真摯，完全不是我的菜。」N才說完，G搖搖頭。

「啊，氣氛正好耶，我真的好難跟Z世代相處。」

「那這種歌怎麼樣？」

A一播BOL4的〈旅行〉，N才滿意地點點頭。整台車被音樂完全填滿，疲憊的C靠著窗戶睡著了，A則是好像遇到人生最大難題，一臉真摯地專注於下一首選歌。B覺得這樣的A很可愛，偷偷露出微笑。D則是觀察著B的這一面，覺得他像個陷入愛河的男人。G對於今天這樣的狀況相當滿意，露出欣慰的表情。N則是覺得雖然一開始沒什麼期待就跟來了，但感覺還不算太差。

此時，B突然大笑出聲。

「但現在這到底是什麼狀況啊？根本也不太認識的一群人，竟然大半夜即興出門旅行，換作是平常的我還真的難以想像。」

「對啊，這不是什麼稀鬆平常的事，人生在世會碰上這種事的機率有多少呢？但這邊……」

A突然壓低音量，用細微的聲音說：「應該沒有罪犯之類的人吧？」

A才說完，看到她手臂猶如伸懶腰般豎起的寒毛有點驚訝，她心想著：『不會吧，不會的。』然後又對自己相當自然地接受現狀卻沒有半點懷疑而詫異。一副好像看穿A內心『又不知道這些人是誰怎麼敢跟著走啊？』想法的G泰然自若地說：「再怎樣都是無線電視台找的人，應該多少會做最基本的身家調查吧？以現在這種世道來說，要是讓罪犯上電視，網路上絕對爆炸的。」

A因為這席話找回平靜，露出微笑：「聽你這麼說好像也是。」

「但其實我覺得G大是最可疑的。」

不知何時已從睡夢醒來的C把一頭亂髮束起來，露出調皮的表情。

「我嗎？」G用誇張語氣反問。

「你一嚴肅看起來就更可疑了喔。」A故意用裝模作樣的語氣捉弄G。

「但就算是好了，還能怎麼辦？我又不能從行駛中的車上跳下去，反正我是決定相信我今天的直覺了。」

「但我覺得一個人對另一個人的認識也是有限度的，我們也不會因為知道對方的姓名、年紀、職業，就知道那個人心裡在想什麼啊。我想表達的是，像我們這樣有一定程度不熟悉的人一起出去，其實也不錯。」D首度開口。

「是吧！我覺得『一定程度的認識』這句話很有魅力，正因為只有一定程度的認識，還是會比較小心翼翼；但也因為有一定程度的認識，才能分享自己的心事，我已經開始享受今天這場旅行了。」A就像一個遠足前一天睡不著覺的小學生一樣來勁，嘰嘰喳喳地說著。

「而且認真想想，那些覺得很熟、很了解的人不是都更恐怖嗎？光看那些殺人事件就知道，大部分都是熟人犯案嘛！」靜靜聽著這個話題的N一臉別有深意地看著G這麼說。

「那我們這麼做吧？不要成為太熱烈的關係，以對彼此有一定程度認識的關係留下就好。」A對自己有這樣的想法感到欣慰，也很滿足。

「但這可能達成嗎？等這部紀錄片播出，大家的個人資料就會有一定程度的公開耶。」G反問。

「所有事情都只能透過群組溝通，禁止私下聯絡和見面，只要繼續遵守這個規則，應該就能維持下去吧？」

「啊！那再加一條吧。」C悲壯地加入話題，大家都認真傾聽她要說的話。

「我們只能說好話，不要說著自己是要給對方建議就對他人造成傷害，也不要因為想給點意見就反駁對方，而是說著『啊！這也是情有可原，原來你是這樣想的』這類的應援。」

立刻對C神采奕奕地提出的意見潑冷水的人，毫不意外的就是N。她靠著椅背，看向窗外，乾巴巴地說：「但這未免也太悖離現實了吧？世界上哪有這種關係存在啊？」

但C的態度也是毫無退讓的堅決。

「正因為沒有，所以才要建立啊，我們可以成為這種溝通群組的第一個模組嘛。」

「不管怎樣，反正今天就是出遊嘛！路途遙遠，覺得累的人可以小睡一下。」D用之前沒出現過的活力語氣高喊。

「對了，我們紀錄片首播那天，大家要不要聚在一起看？」

「哇，這感覺會很有趣！」A笑了。

「真有趣耶，明明互相不太認識，卻一起開幾個小時的車要去看夜海，哈哈，感覺我們每個人都不正常。」B豪邁大笑。

＊＊＊

幾近子夜時分，跟預期中有點落差，目的地燈火通明，已經是超乎悸動，而是有點微妙的興奮感籠罩周遭。A看著這神奇風景心想：『這麼多人都是要去哪裡啊？』又再次環顧四周。

夜晚的休息區步調緩慢卻也奔走，眼前的風景就像看似悠哉漂浮在平靜湖面上的鴨子，但牠其實為了不沉下去，雙腳在水平面下不斷打水。N等車子一停好就急著去廁所，B則是伸了個懶腰，伸展著因開車而緊繃的身體。

此時，G開口道：

「哇，這時間也好多人喔，大家都要去哪？」

「我猜應該大部分都是要去看日出的人吧？」D淡漠地說。

「真是一群自由的靈魂。」C羨慕地笑了，A也跟著笑了。

「我們每次看到不認識的人都會說他們應該是超級自由的靈魂，所以查理．卓別林才會說『人生遠看是喜劇，近看是悲劇』吧。」

「我們就算近看也會是喜劇的，大家肯定會很好奇這個性別跟年紀都很不一樣的組合是什麼來歷。」G的這席話，讓大家深感同意。

這是一個很久違，沒有半點雜念可插手的夜晚。

「但我們是不是要先結算一下啊？油錢和過路費都讓B大出錢的話，有點過意不去耶。」A表明不能欠債。

「等旅行結束再用群組算錢吧！」G說完，B露出未曾出現過的調皮表情：

「我本來想說都由我負擔，但既然各位要給，我會感恩收下的。」

「我們不吃點點心嗎？我有點餓了，我想吃年糕香腸！」

A環顧四周，掃視有什麼可以吃的，平常對於處理和歸納狀況有獨到見解的G

說：「那大家各自去買想吃的東西，現在11點33分，我們55分回來集合？三三五五？」

G對於自己想到的押韻十分滿意，還等了一下大家的回應，但大家都忙著移動腳步去逛攤位，他剛剛說的「三三五五」就這樣在空氣中無情分解。看到B像是被磁鐵相吸，自然而然跟著A走，G獨自喃喃道：「哪是什麼三三五五，根本是成雙成對啊。」對某些人而言，這是一個難忘的美麗夜晚。

＊＊＊

「你想吃什麼？你開車這麼辛苦，我請客吧。」A溫柔地回頭詢問B，結果B緊張到像個AI答：「沒關係，我不用喝。」

「其實我今天心情不太好，但多虧有你，我才能去看看海，是因為我真的很感謝你才想請客的，雖然這也不足掛齒，但你可以把這當成是我的誠意，接受它嗎？」

聽到A這偏撒嬌的拜託，B也只好大概看了一輪菜單，然後唸出品項。

「啊，那我要魚板跟烤馬鈴薯。」

「什麼啊，感覺不想吃居然還點了兩種。」

B臉上瞬間掃過「我現在好慌張」這六個字，A看著B的表情心想，雖然這個人長得白白淨淨，原來也有純真的一面。

B看著魚板湯冉冉上升的熱煙，突然出現這個狀態跟自己現在心情很像的想法：『現在吃應該會被燙到吧？』就在霎時，A拿起一根魚板串放進嘴裡，喊了一聲「好燙！」就把魚板弄掉了，然後那塊魚板不偏不倚地落在B的三線拖鞋，甚至是腳背露出來的地方。B連聲音都沒能叫出來，皺起了臉，A被這發生得迅雷不及掩耳的事嚇得手抖個不停。

「啊，怎麼辦，你還好嗎？真的很抱歉。」

A看起來立刻就要掉下眼淚，楚楚可憐地看著B，B雖然也不知道是什麼緣由，但內心湧上一股想捉弄對方的念頭，又把臉皺得更緊了。

「呃……感覺不太好。」B的回答讓A的表情變得更加凝重。

B雖然有點後悔，但他也沒辦法收回已說出口的話。

「因為我今天沒吃晚餐，肚子太餓了……我去買藥，你等等喔。」

A手足無措地離開現場，B看著露在三線拖鞋外頭，被燙得紅通通的腳背，說出內心話：「早就知道會燙到了，居然有這種投直球的念頭，真不像我。」

A以光速回到現場，現在的天氣其實還相當寒冷，但她臉上卻有著汗珠，身上散發的味道研判是丁香花香參雜著汗水味，聞起來反而有股微妙的吸引力，但A自己都還沒喘過氣來，看著B笑問：「為什麼你穿這一身卻穿拖鞋啊？」

隨後A又自然跪下，拆開修復軟膏的包裝。慌張的B想閃躲卻變成金雞獨立的姿勢，他擔心自己的樣子看起來很滑稽而失去平衡，最後演變成他抓住A的頭以維持重心的狀況。

「啊！這是在報仇嗎！」

B趕緊鬆開A頭上的手，結結巴巴地說：「不是，我……打算自己擦啦，怕有腳臭味。」

「沒關係的，我的嗅覺特別敏銳喔。」

『哈，這女人為什麼要一直捉弄我啊？』正當B這麼想，A突然轉為認真的語氣接著說：「因為這是我搞出來的事，我才會想收拾善後的。而且聽說穿拖鞋開車是很危險的事，以後別再這樣了。我有買一雙襪子，你看這邊，這裡有防滑片。穿著它開車吧，是因為我也只有這條命才這樣的，不是要折磨你，只是希望你要注意安全。」

A連珠炮地說了這一長串，在B的腳背抹藥，貼上OK繃之後才起身。

「如果需要去醫院，一定要跟我說喔。」

「也不是太嚴重的燙傷啦，這樣就夠了。」

「但如果沒有及時處理，燙傷也可能留疤啊。」

「那請妳跟我一起去醫院吧！」

「什麼？」

A為了搞清楚這個男人的意圖必須耗費相當大的能量，這個人到底是希望她陪他一起去，又或者只是要她對這個狀況負責，這讓她很混亂。

「哈哈，妳表情這麼慌張，會讓開玩笑的我覺得很抱歉……其實那些顯露在外的傷口，很多都不是什麼大不了的傷啊，我沒事的。」

A對於自己剛剛還在認真煩惱要是這個男人真的要她一起去醫院該怎麼辦覺得很可笑，忍不住笑了出來。

「是啊，內心的傷痕才是更痛的，但卻也沒辦法塗藥，或是貼OK繃。」

此時，G一臉凝重地迅速靠近。

「原來兩位在這裡啊，N大現在聯絡不上，可以請A大去廁所找找看嗎？」

＊＊＊

「還要多久才會到啊？」

雖然乍聽像是不經意打破這段長時間的寂靜，但其實在內心認為就該打斷這股沉默的D主動詢問。B暗自慶幸好險有人開口說話，立刻回答：

「應該再四十分就到了。」

「晚上出門還挺不錯的，不會塞車。」

A好像沒發生任何事一樣，開朗地笑著說，此時，G用一種難以判斷是要找碴，還是擔心的語氣詢問：

「但是N大怎麼在廁所待這麼久啊？」

A認為N應該會覺得為難，立刻代替回答：「哎呀，反正人有平安回來就好了啊。」

接著她轉頭瞥了N一眼，並在對方手裡塞了某個東西。

A看著N無力伸出的手臂就像看到當年的自己，忍不住湧上淚水。A當時也是這樣，二十幾歲的她不斷折磨著自己，一些微不足道的小事乘著名為情緒的風起雲湧啃噬著她。被那必須在三十歲前趕快擁有一席之地的強迫折磨，為了不落後他人，馬不停蹄、自顧自地往前衝。

『還真年輕啊……』感覺湊近鼻子就能聞到青蘋果香的那纖細手腕上，還沒癒合的傷口就像紋身一樣刻在上頭。A又想起自己剛剛遇到的N，「搖搖欲墜的青春」這七個字深深刻印在心上。

人煙稀少的休息區廁所，在微開的門縫間可以看到N拿著漢堡王紙袋摀住口鼻呼吸。A起初還想說這是怎麼回事，雖然一度閃過「這是在吸強力膠嗎？」的可怕懷疑，但她很快就明白了，是換氣過度。A立刻在群組回報她跟N在一起，這邊沒事，希望大家可以稍等一下，接著離席等候N恢復平靜。

「啊，我不是要責怪的意思，只是出於擔心而已。就只有我們幾個人一起出來，要是出了什麼事會很頭痛嘛。」

G自覺汗顏，生硬地說了這句話，N好像什麼事都沒發生過一樣，刻意明朗地說：「別擔心，不會發生那種事的。」

A想了一下所謂的那種事是什麼事，然後又搖搖頭甩掉她那些想法。

此時，為了轉換氣氛的B打開天窗。當冷風吹拂頭頂，大家腦中那些飄蕩的各種雜念也跟著一起吹走了，C指著天空說：「看得到星星耶！果然是鄉下，怎麼有這麼多星星啊？」

大家就像約好一樣，都抬起頭望向天空。住在城市裡，上一次放鬆地看著天空是什麼時候的事了？老是拿生活繁忙、汲汲營營的理由，忙著關注個人內在的問題，在就連季節更迭、時間流逝也不知道的狀態下過著每一天。C看著在那暗黑天空密密麻麻閃耀的星星，內心浮現「我遠看也是如此閃亮的存在嗎？」的疑問，但又沒信心地搖搖頭。

＊＊＊

夜晚的大海打破所有人的幻想，一點都不浪漫。在只想得到「烏漆嘛黑」這四個字的黑夜中，只有海浪聲用力地敲擊著每個人心臟。N直到下車才終於能確認A塞在她手裡的東西，是薄荷糖。她覺得很新奇，忍不住笑了出來，大部分的人都用奇怪的神情看著她。雖然在極度焦慮的狀況下找上她的過度換氣是一點也不陌生，但通常第一次看到她這樣的人，眼神裡比起擔心，反而參雜著更多排斥，這也是N迴避真實人際關係的原因。但A卻什麼都沒問，默默地等著她，居然還給了薄荷糖。

「好暗喔，白來了嗎？」

B剛說完，A一副「才不是」的快活語氣回應：「誰有打火機？」

D沒多說什麼就從口袋拿出打火機交給A，A從包包裡拿出仙女棒點火。啪答——隨著煙火聲響起，地上也很快亮起一道光芒。A面向大家轉動著仙女棒，笑嘻嘻地說：「很美吧？哪有白來？明明就是來得正好！」

「這又是什麼時候買的？」

B的眼睛變成驚訝的兔子眼，A笑著說：「剛剛在休息區超商買藥跟OK繃的時候順便買的。」

地面的星光自由地以各自的模樣閃耀著，有人在畫星星、有人在寫自己的名字，也有人畫出想念的人。而在場最年長的G一臉興奮，用藏不住雀躍的聲音說：「這種事情好像學生時代才有做過吧，還真的是什麼都玩了耶。」

D對於正在旋轉仙女棒的自己感到慌張地說：「對欸，在這邊玩這個，該怎麼說呢……」

D還沒找到適合的話接下去說，A代替他接著說：「不覺得很安慰嗎？感覺像是一道光芒照進我黑暗的人生。」

D露出燦爛笑容，好似在回應她的這句話。

「喔？D大這是笑了吧？我第一次看到D大的笑容耶！」C說。

A等到仙女棒的火花消逝，拿出手機播放The Classic的〈魔法之城〉。

「N大，這次就別說我老派或怎樣了，讓我們也擁有不管是誰，只要有一個人喜歡就輕輕放下的日子吧。」

A播放歌曲前奏，打開手機手電筒，再利用手機支架把手機立在一角，接著跳起舞來，猶如在自然振翅，尋找花朵的蝴蝶。

「不覺得那個姐姐真的很特別嗎？」N久違地開口。

B看著A，臉上漾起微笑，他這時才依稀察覺到自己好像喜歡上這個女人了。此時，A微微絆了一下，鞋子插在沙地裡往前一倒。嚇了一跳的B趕緊上前要扶A，結果兩人卻變成尷尬的擁抱狀。驚訝的A趕緊找回重心，穿好鞋子，B尷尬地笑了笑，就地坐下。大家都跟著B一起面向大海坐下，這是一個星光閃耀的夜晚。

「但B大為什麼會開始冥想啊？」

A用滿是好奇的眼神直勾勾地看著B。B看著這張天真無邪，很像孩子的表情感到慌張，但他還是費勁藏住那股心思，淡然地說：「只是想要消除我內心的雜念而已。」

「但雜念真的會因此消失嗎？我今天第一次嘗試，實在沒辦法欸。」A笑著說。

「一開始都很困難，但跟著做幾天，會在某個瞬間變得專注。」

「原來如此。」A點頭表示肯定。

「我今天覺得好像進入一個新世界，好像也沒特別做什麼，但心情有比較平靜，原來還有這種方式啊！」G就像個少年，雙頰紅通通地說。

「聽說人就算在睡眠中也沒辦法完全放下緊張感，但冥想可以讓人完全放鬆，會覺得好像能找到真正的自己，反正我個人是這樣啦。」B的表情有點擔心自己是不是太說教了，嘴角垂了下來。

此時，N露出完全無法理解的表情，揚起單邊嘴角，一臉詫異地說：「找到真正的自己是什麼意思啊？我就是現在在這裡的我啊，還要找什麼？」

「就像N大妳說的，我們應該要覺察現在在這裡的自己，繼續生活下去。但人要做到這點其實並不容易，因為我們不會只活在當下，還會跟以前後悔的事，以及對未來感到擔憂的事情一起活下去。」

「從理論層面來說，冥想到達一定程度時，會更明白自己的潛力與能量，最終就能抵達幸福境界，就什麼事都能做到啦。但其實我更喜歡現在這樣，坐在晚上的海邊，聽著海浪聲。」D冷冷地笑著說。

「所以是因為想要成功才冥想嗎？」

N一邊拍手，一邊覺得可笑地說。B露出有點難堪的表情，又用很確信的語氣回應：「與其說是成功，應該是更想要內心平靜與穩定吧。到頭來，內心平靜對個人來說也是某種成長。」

N聳聳肩，露出無法被說服的表情。

「啊，但剛剛大家都有進去YouTube直播嗎？我看著暱稱實在很好奇誰是誰耶。」A瞪著原本就已經很大的眼睛，眼神閃閃發光地說。

「我是隨風飄逸的裙襬。」

聽到C的坦白，A一臉我就知道的反應，露出得意洋洋的笑容。

「我好像知道『誰都不認識』是誰。」

瞬間，B緊張地乾咳幾聲，A以為自己猜錯了，聲音變小：「喔？不是D大嗎？」

「不是耶。」

「是我。」B主動承認後，看向D問：「你是『知道我是誰嗎？』對吧？」

D點點頭。

「但『路過的行人』到底是誰啊？該不會在這裡吧？」

C的聲音參雜著不滿，N不平地說。

「搞不好真的是路過的吧？畢竟那個直播也不是只有我們而已，不覺得很像是什麼躲在房間一角的窮酸韓男嗎？」

「好了好了，請克制使用可能讓人覺得不舒服的詞彙。我想大家應該都有猜到，我是『救贖你們』。」G這麼說。

「真是老古板，什麼救贖啊。」

N單邊嘴角抽動，用叛逆期小孩的表情說出這句話，A觀察了G的反應後趕緊說：「但是啊，人類的本質究竟是什麼呢？如果頓悟什麼是最原始的自己，會有什麼不一樣嗎？」

「至少就不會有欺騙自己的事發生吧。」B的語氣平靜得就像已經悟道的賢者。

「不會對自己說謊？這搞不好是一種解脫啊，讓我自己自由。」A的每個詞都講得特別有力。

「我認為人類的本質就是孤獨，人本來就都是獨自一人，所以才會孤單，就算想要脫離這個狀態也只是徒增折磨而已。」D聳聳肩，對這個理所當然的提問，給出理所當然的答案。

「我每天早上都會看到很奇異的風景。」A一起頭，大家都等著她繼續說。

「大家都在滑手機。不覺得有點奇怪嗎？既然大家都說現在是個人主義蔓延的社會，每個人也都假裝自己對他人漠不關心，但又會因為想跟他人有所連結而上網、在社群平台展現自己。既然如此，那大家不都是因為想要交流才這樣做的嗎？」

「大家終究都是想跟其他人交流的，即便本質孤獨，但要一個人在這個世界獨立堅強地生活下去也絕非易事。」G說。

「為什麼會想要交流啊？我覺得一個人很自由自在，很好啊，不用擔心對方對我做出什麼評價，也不用因為誤會而傷心。雖然如果跟朋友見面，偶爾還是會因為大家聊天而感受到喜悅沒錯，但我還是比較喜歡一個人。」

聽到A這麼說，B用蒙上一層傷心的語氣問：「那妳為什麼要來這裡呢？」

「單純是覺得好像會很有趣？」

「會不會是因為比起一個人所能感受到的有趣，大家在一起就可能有兩倍、三倍的趣味呢？」

「但相對來說，副作用也會加倍啊。我們真的有辦法把自己全然展現給他人看嗎？得顧慮大家會怎麼想，要是對方反應不好又會很在意。電視劇《我的出走日記》的廉美貞不也說過所有人際關係都是勞動嗎？我聽到那句台詞就哭了。」

「所以我才不太跟其他人見面。」N突然插嘴。

「我曾看過一個統計是說，不管是再怎麼心意相通的關係，實際上，對方頂多也只認識我的兩到三成而已。『就算不能被全然理解也沒關係』才是真正的出走與解放吧。」B說。

「因為大家還年輕才會這樣想，等你們到了我這年紀還是孤家寡人的話，就會開始擔心孤獨老死的問題了。」G用一副已經頓悟人世間所有道理的語氣笑著說。

「其他人是怎麼想我的，有這麼重要嗎？A大看起來反而是不太在乎他人眼光的人耶。」

D想起她剛剛的舞姿，臉上有一絲調皮。

「我也比較偏向在這個只活一次的人生中，要隨心所欲過生活的類型，但實務上根本沒辦法真的照我的意思過活。」

「人類畢竟是社會性動物，不會有人希望自己被排擠，或是被指指點點，這也是我們沒辦法獲得完全自由的原因。」B的語氣又轉為認真，N皺起臉，一副再也聽不下去的反應。

「真是夠了，這裡的每個人都是什麼真摯怪啊？不要再講這些了，先享受現在這個當下吧，看我這邊！」

N一準備要拍照，有人摀住臉、有人搖搖手拒絕，還有人逃走，出現了各式各樣的反應。

N覺得大家很有趣，她笑著說：「我會把大家的臉都馬掉再上傳的，不用擔心。」

#初見面的人們，#即興旅行，#夜晚大海，#瘋狂事

「大家都來我的IG玩吧，我傳帳號給大家。」

照顧大家，給予許多方便的那個地方，即使在深夜也依然燈火通明。

＊＊＊

「哇，這種地方的超商也是24小時營業啊。」

A發出驚嘆，好像遇到世界上最高興的事一樣。

「這裡也只有這家超商而已。」B自豪地說。

「你怎麼這麼清楚？」

「我之前有來過。」

B的回答讓大家的目光一致轉向他，臉上都浮現出「你跟誰來」的問號。

「啊……我前陣子覺得有點悶，所以有自己開來這裡過。」

然後大家又一致撇頭，露出「原來沒什麼特別」的表情。A站在超商冰箱門前，看著羅列的酒類陷入沉思：『我的生活如果也可以整理得這麼井井有條，真不知道該有多便利。』

「這邊由我請客吧，大家盡情挑。」G大方地說，B長嘆了一口氣：「唉，我要開車，不能喝酒，這也太不公平了吧。」

A毫不在意，開心地把各式各樣的東西放進購物籃，裝了好幾瓶自己也不太會喝的燒酒，接著轉戰進口啤酒區。

「妳是酒鬼嗎？是打算喝多少啊？」

G這句滿是擔心的話剛說完，A用長靴貓的眼神靜靜地看了他好久，G才無可奈何地點點頭。A的嘴角又微微揚起，非常興奮地踩著輕快步伐前往下酒菜區。

「人生在世哪有每次都公平的，偶爾也是要吃點虧的。」D用事不關己的語氣說完，接著拿了一罐花生馬格利酒。

「哈哈，都有這個名為夜海的下酒菜了，居然一滴酒都不能喝，這真的太殘酷了。」

「哎呀，都幾歲了還在耍小孩子脾氣，不然就明天再見面啊。」

N提了出乎意料的提案，大家同時看向她。看到這副光景的A捧腹大笑，接著是所有人都看向了A。

「不是，大家都這麼閒嗎？週末都沒約嗎？沒有情人嗎？這樣我們就有點太可憐了喔。」

是笑容會傳染嗎？大家都跟著笑得東倒西歪。

「正因如此，我們現在才會都在這裡吧。」G理所當然地說。

「都是魯蛇聚在一起，還不錯啊。」N噘起半邊嘴角說。

「從剛剛講話就有夠沒禮貌的。」

D說著不像自言自語的嘟囔，氣氛瞬間冷卻下來。A試圖轉變氣氛，拍拍D的肩膀笑著說：「哎呀，D大，陌生人看到會誤會的。」

「認真說起來，A大跟我也算是陌生人啊。」

A對於D這個突然豎起尖刺的態度感到尷尬，不自覺後退幾步，眼眶裡瞬間充滿淚水。

「哎呀，這麼好的日子，我們有必要自己吵起來嗎？世界又不是什麼要爭輸贏的遊戲，有時候是魯蛇，有時候是贏家，這就是人生嘛～把江原道的夜晚大海當作下酒菜，大家就開喝吧，我以汽水代酒敬大家。」B為了緩和氣氛也是非常努力。

「來吧，大家都買好了嗎？要結帳了。」G也用什麼事都沒發生的態度走向櫃檯。A覺得既傷心又埋怨，心情錯雜地撇過頭，接著她看到N悄悄地把某個東西放進口袋。

＊＊＊

「不是，豪氣爆買這麼多酒的人跑哪去了？為什麼只吃餅乾啊？還吃得津津有味。」

G好像在看小孩子一樣，看著A笑了。

「我今天是解放日，哎呀，再這樣下去整包都要被我吃完了，明天可不能水腫啊。」

「明天有什麼事嗎？」B藏起好奇，淡淡地問。

「N大不是邀請我們了嗎？」A一邊開朗地說，一邊豎起全身神經，觀察N的心理狀態和D的脾氣。

B一副超級慶幸A沒有其他的反應，輕快地把手伸進餅乾包裝袋，同時又因為觸碰到A的手指而嚇得把手抽回，不好意思地說：「感覺A就算水腫也會很漂亮，哈哈哈。」

B這句話說完，空氣出現了三秒鐘的靜默。

「這氣氛是怎樣？這是在損我還是誇我啊？我看這個氣氛是沒人同意你說的話喔。」

「妳是被騙大的嗎？坦白說，A大在女生眼中也是很漂亮的。」

N才說完，A對這個問題突然有了很多想法而低下頭，然後大嘆一口氣。

「我不是被騙大的，但因為被騙了一次大的，現在誰都不敢相信了。」

波浪聲在四週繚繞，如果把那股波浪吞下肚會是什麼心情呢？會慌張嗎？還是會因為海水鹹味而不舒服？還是會因為黑暗而恐懼？A斬斷在這片刻時間所浮現的各種想法，平淡地說。

「我怎麼會這麼莽撞地跑來這邊呢？換作是平常的我，這根本是不敢想像的事。在我重新開始跟人來往後，我一直在騙自己我沒事了……但我現在清楚知道了，我還停留在那個時間。但慶幸的是，至少我明白了『不管變怎樣都沒關係』根本是謊話。看著海浪也是真的會害怕，但我之前是不怕的，當時內心就只有一個想法，我想要就這樣繼續活下去而已，就算大家用同情的眼光看我，或是罵我笨也都沒關係，但現在卻不是這樣呢。」

「雖然不知道妳碰到什麼事，但就我稍微多妳一點的人生經驗來看，世界並不是這麼可惡的傢伙，他不會持續攻擊你，其實那傢伙也意外地容易累。」

G一說出這種很老生常談的話，除了N以外的每個人都點點頭。

「我三年前也遭遇過足以改變人生的大事，那時候真的覺得什麼都變了，但我依然有友軍、也有緊急糧食。我透過冥想頓悟的還有一件事，當不幸像骨牌被推倒，排山倒海地靠近，我所能做的選擇並不是區辨這是幸運或不幸。」

A一臉「不然呢？」的表情看向B，眼神參雜著拜託對方救救自己的哀求。

「我們能選擇的就只有該用什麼心態面對而已，就像潑出去的水收不回來，已經離手的箭矢也收不回來，要挽回已經發生的事情機率極低，但我唯一能改變的就只有我的心態，真的很神奇的是，當我這麼下定決心後，發現這些事其實也沒什麼大不了的。」

「好像有多一點勇氣了。」

「我們就像現在這樣，偶爾見見面吧，成為那種遭遇風暴也可以互相為彼此加油的關係，感覺光是這樣，大家就能喘息了。」

G用向N尋求同意的表情看向她，繼續說：「聽聽最近年輕人的想法，也聽聽我這種老頭子的想法，那我們是不是就有機會把各自肩上的重擔稍微減輕一些呢？」

N露出好像有聽又好像沒聽G說話的曖昧表情在沙灘作畫，原本是一個圓形，又變成X，然後又被海水帶走成了一陣消逝的風，接著她脫掉鞋子，赤著腳把腳趾蜷縮起來又撐開，享受沙子的粗糙感。不知不覺起身的N走向大海，但沒有半個人發現，因為大家各自的思考之海都已經夠深、夠蔚藍了。

此時，A拿起放在地上的氣泡葡萄酒啜了一口，這才發現N的蹤影，她的聲音充滿著顫抖：「喔？那個人……不是N大嗎？」

N似乎是覺得衝向膝蓋的冰冷海浪觸感神奇，她停在原地看著腳下，在她沉浸於個人世界時，在這邊這個世界看起來卻顯得搖搖欲墜的背影造成了一陣混亂。G

全力衝刺奔向N，B也急忙跟上去，N又踏出原本停下來的腳步，G則是拖著泥濘的鞋子，拉著變重的牛仔褲跑向她。

瞬間，N聽到了專屬於自己的玻璃世界碎裂聲響，回過神的她為了掙脫G而不斷掙扎。後來趕上的B也貢獻一臂之力，扭在一起的三人就這樣倒進海裡。同時有一道跟房子一樣高的海浪吞噬了他們，A和C一臉欲哭地不斷踱步，D則是空洞地看著這混亂的一切。

接著，看到三人乘風破浪的模樣，A和C忍不住擁抱彼此。

「他們走出來了，真是好險。」C好像一個看了感人電影的人，很激動。

「是啊，我還以為要發生什麼事了。」A把手覆在胸口，鬆一口氣。

接著聽到一陣哈哈大笑的聲音，三人已經從一個圓點變成人的形狀，越來越近了。

「幹嘛這麼誇張啦！我只是很好奇水有多冷而已。」

N才說完，G就打了N的頭一下：「妳這小不點，都不知道怕！」

「這會感冒吧？該怎麼辦呢？」C看著B露出擔憂的表情。

B的嘴唇發紫，雙臂環抱身體，不斷發抖。

此時，A朝著天空攤開手掌。

「喔？這是什麼？」

有三、四顆像是小果實，還稱不上是雪的雪花輕輕落在A的掌心。

「是初雪。」

# 3

# 再這樣下去也沒關係嗎

N　大家應該沒忘記今天要來我家吧？

G　我有約了，沒辦法去。

A　喔？是那個女性友人嗎？

G　是的。

A　她要跟你見面嗎？真是好險，一定要跟我們分享後續喔。

G　好的，我會好好赴約的，雖然多虧某人，現在感覺快感冒了。

N　這應該不是在說我吧？不是啊，又沒人叫你們跟來，我自己明明玩得很開心。

G　我們差點就要佔據各大網站首頁了，下次別再做這種事了。

C　B大還好嗎？

B　嗯，我很好，除了長時間開車，肩膀有點痠的部分之外，其他都還行。

A　哎呀，昨天真的太辛苦你了，但也多虧有你，我才能得到去看秋天的大海，還遇到初雪的全新體驗。

B　這也是我難忘的一天。

N　那除了G大以外，大家都來嗎？

D是，晚點見。

這裡有著不容許任何不必要物品的頑固，屋子的每個角落都是白色的。這是N第一次邀請他人進到她的個人空間，而最難理解的部分是，提出邀請的當事人就是她自己。『人生在世也會有這一天啊。』N把在超商買的啤酒與燒酒整齊擺進冰箱後拍照，虛脫地笑了。#喬遷宴，#套房的五月，#吃喝玩樂，#人生就這一遭。

不久，「叮咚」門鈴聲響，大家陸續抵達。

C參觀著N的家，不斷發出讚嘆：「哇，因為是單身女子住的房子，所以才這麼乾淨嗎？」

「C大不也自己住嗎？」N有點意外地詢問。

「是啊，但我家不是長這樣，哈哈，光是地上就有一堆頭髮。」

「是因為我個性特別挑剔的關係啦，很討厭那些礙事的東西。」

N的回應像在辯解，她引導大家到位子上，單人套房地板的正中央擺了一張野餐墊，中間已經擺好披薩和炸雞。

「今天應該只有G大不會來對吧？」N問道。

「啊，剛剛A大有在群組說會晚一點點。」B像個代言人代替回答。

「我剛忙著打掃，沒看到群組，她有說是什麼事嗎？」

「說是她交出去的稿子有錯字，所以她要先趕去印刷廠再過來。」

「好喔，那就我們自己先乾杯吧？」

D的狀態與昨天不同，用很興奮的聲音高喊。

「要講什麼乾杯詞好呢？」C的語調也明顯高了一階，好像講到酒就絕對不能少了她一樣。

「你我鬼，如何？」B用別具深意的眼神，特別用力地說完，所有人都看向他。

「你跟我的見面連鬼都不曉得。」

這時大家才放下緊張，哄堂大笑。

D環顧四周，相較於N這種相當有個性的人設，她的家裡其實沒有太明顯的特色，這算是反映出「有個性的存在，只有我一個就夠了」的屋主取向嗎？暫且不提家具和家電，竟然連壁紙也是白色的。正當D心裡這麼想的時候，壁紙引起了他的注意。這看起來並不是全然的白色，邊緣有一點淡色直線交錯，並以此拒絕著無聊。D看著牆壁看得出神，雖然有種好像要被吸進去的頭暈目眩感，但實際上也沒發生這種事就覺得還好。一群人擠在狹小空間裡，雖然會常常感受到他人的氣息，但也可能是因為有點微醺了，倒也沒什麼排斥感。

大家聊了很久相當真摯的話題，N不以為意地喝著啤酒，全神貫注在她的手機。

「這兩天真的太有趣了，該說是有種我好像也活著的感覺嗎？過去幾年來，我的生活有了滿大的變化，也過得非常忙碌，但日常生活卻又是無聊得要命，都跟一樣的人見面，做一樣的事情，但來到這裡卻有種好像中了什麼活動獎的悸動感，很期待。」

C的臉部肌肉好像通通沒了力氣，一臉溫和地說完，又停了一拍繼續說：「認真回想起來，我覺得童年真的很不錯。那時候會因為微不足道的小事嬉笑哭鬧，就算不用特別確認『原來我還活著』也能被證明，因為當時自然而然地有著一起做每件事的朋友。但現在大家各自狀況都不一樣，要見上一面也很難，有的朋友在大企業上班，有的朋友光是國考就準備了好幾年，也有人是沉浸在新婚的甜蜜。小時候還高喊著我們的友情是FOREVER，但實際上卻不是這樣。就算見了面，也因為大家的關心領域不同，沒什麼交集或接點，就很難去共情對方。結果變成我過著那些細瑣無聊的日常生活，也沒地方可以傾瀉我那些覺得辛苦的事，或是雖然微不足道但也想被安慰的時刻。但又覺得如果我會因為好朋友不在身邊而痛苦，那好像又顯得太懦弱了。」

「因為沒有可以分享所有心事的對象而痛苦……這不能視為懦弱吧？就我來說，如果我本來相信有這樣的人存在，但實際上是沒有的，這件事是非常難接受的耶。雖然那件事已經過非常久了，也已經沒差了。」B露出淒涼的微笑。

「搞不好也是我太天真了，想用男人填補我那空虛的心靈，結果代價十分悽慘。」

C好像在隱藏著什麼，但又同時能感受到她想說出口的欲望，最後還是緊閉著嘴。

「其實心靈不應該由其他人來填滿，但我們老是忘記這一點。如果問我他人能不能救贖我自己，我的答案應該是不會。我覺得人心特別奸詐的部分是，根據我個人的處境不同，我對待他人的態度也會不一樣。但也因為我了解到這點，反而鬆了一口氣，就也變得沒什麼期待。」

「我是因為不太能放下那種期待，才選擇一個人的。說也奇怪，如果身處於群眾之中就會想要變得孤獨，但真的自己一個人宅在房間裡的時候，又會出現『我是誰？』『這是哪裡？』的想法。」

「畢竟我們是社會性動物嘛，想要孤獨但不想被孤立也算是人之常情。我覺得人就是需要一點獨處的時間才能成長，但內心又會希望有人在身邊……」

B和C聊著這種極度認真的話題，N又用忍無可忍的語氣發了脾氣：「啊，太無聊了，給我停止！」

瞬間，好像有誰按下了時間暫停鍵，所有人停止動作，N毫不在意地接著說：「這種無聊的話題到底還要聊多久啊？」

「啊……我們有點無聊吼。」B自覺不懂察言觀色，趕緊收拾殘局。

「不是，妳從剛剛就只顧著看手機，突然潑別人冷水是怎樣啊？」C瞪著N，對於刻意找碴的N不是很滿意。

「我都不能隨我意願講話啦？」

「講話不是妳想講就能隨便亂講的。」

「我們不是為了吵架才聚在一起的，這次換N大講妳想講的吧，要聊什麼？要聽音樂嗎？還是玩遊戲？」

B來回看著C和N，露出尷尬笑容。

「都給我滾！」

N像是一個在大學路劇場，演著沒人看的舞台劇配角這麼說，然後又對自己的演技滿意地笑個不停。

「什麼？」慌張的B睜大眼睛。

「不是啊，我只是好奇這種無言至極的邀請真的有人會來嗎，結果還真的來了。大家都這麼閒嗎？這麼沒事幹嗎？這種跟黃金一樣珍貴的星期六晚上，聚在一個陌生人家裡聊這種無聊的事情好玩嗎？啊，我倒是覺得挺有趣的。」N的聲音比一開始更高，笑著說。

＊＊＊

正當G關掉桌電，打算整理環境時，女性友人開了門進來。會因為一個人走進來就讓周遭的空氣，甚至溫度改變，其實是件很神奇的事。女性友人非常習以為常地倚坐在書桌旁的沙發。

「你今天不是應該要去嗎？」

她用兩人之間好像什麼事都沒發生過的語氣問，G的表情這才因為安心而明亮起來。

「妳怎麼知道？」

「啊，我們稿子送去印刷廠之後才發現有錯字，所以我跟恩秀今天都有上班。她一臉很不開心地說她還要去聚會，但這樣就會遲到。」

「原來，唉，我現在年紀也大了，像昨天那樣勉強，今天又要上班，實在沒辦法再去酒局了。」

「對啊，我們年紀也都不小了，但你們怎麼會想到要去即興旅行？」

「就是說啊，我到現在也還沒搞清楚昨晚的事情到底是不是實際發生過。」

「我聽恩秀說完又反問了好幾次，居然在晚上跑去正東津？該說是浪漫還是稚氣啊？沒感冒就不錯了。你下次再見到恩秀的話，對她好一點吧，她是個令人心疼的孩子。」

「妳叫她恩秀讓我好不習慣，A大又不知道我們認識不是嗎？」

「完全不知道啊，但她真的很不錯，卻遇到一個渣男，感覺是她把自己的人生變得很糾結，很心疼。雖然她宣稱她已經振作起來了，但在我眼中應該還早。」

「這就不好說了，只要外表看不出來就好了吧？總要痛徹心腑過才不會有後遺症。」

「所以你沒其他話要跟我說嗎？」

女性友人一面摸著沙發，泰然自若地問。

「蛤？喔……那個。」

像上鉤拳突然衝上來的問題讓G變得結巴。

「如果你沒有話要講，那我先說吧，我沒辦法忍受我們的友情因為這種事情結束，我是可以當成沒發生過這件事的。如果你同意，我們可以像之前一樣相處，但如果不行就無法再見面了。」

G雖然認為女性友人會說這些是理所當然的反應，但也不免有些傷心。他不知道該用什麼表情面對，用很滑稽的表情看著窗外沉默許久。但他不是抱持著什麼期待，更不是期待對方拋棄丈夫，來到他身邊，當然也更不是期待他們能進展為男女關係。明明沒有這些想法，但心臟卻像被亂刀砍過一樣疼。即便鮮血不斷滴落，他也束手無策。只能用指尖摸著窗框灰塵，期待著此時此刻趕快過去。隨著沉默持續，對方也按捺不住又開口：「現在要來見你這件事，對我而言也不是件易事，在來找你的路上我也想像過各種可能，你覺得要我做出以後可能再也不見你的覺悟就很簡單嗎？」

女性友人看起來有點生氣，G有種成了被逼進牆角的老鼠之感。

『我如果是鳥該有多好啊，這樣就能從窗戶縫隙飛出去了。』G的嘴唇發乾。

＊＊＊

C突然起身，大家嚇得同時看向她。

「不是啊，沒多說什麼妳就真的把我們當草包看啊？從昨天就已經看妳不順眼了。」

C用壓制N的氣勢俯瞰對方，事不關己的D突然笑了起來：「但其實我覺得N說的話也不算錯吧？」

聽到這句話，大家好像約好一樣，看向了D。

「到底是有著什麼信任感才會跑去陌生人家裡，只要有人約就覺得好啊，就都來了。大家凌晨應該也都有猜到了吧？你們覺得N大現在看起來正常嗎？因為好奇十一月的東海有多冷才會下水，這是合乎常理的行為嗎？」D大的話讓大家的眼神漾起不安的波濤。

「而且……如果我是個瘋子，那要怎麼辦？」

「唉唷，D大幹嘛這樣啦，很恐怖。」

B試圖緩解氣氛，D突然把手塞進外套內袋。D的突發行為讓四周蔓延一股凍結般的緊張感。D揚起單邊嘴角，露出不明所以的微笑，接著伸出剛才伸進外套內袋的手。

D的手中握著威迪文鋼筆，他打開筆蓋，把發出銀光的筆尖放到日光燈下，露出乾笑，用有點自嘲的語氣說：「筆比刀更恐怖……」

D面無表情地看著B，接著把筆尖伸到B的臉邊：「你怕我嗎？」

B退了一步。

此時，N一把搶走了D的筆。

「才不怕哩，大叔。真正的瘋子比起說話，會直接付諸行動，不要作秀了。」

「還真是一事無成。」D若無其事地大笑。

「嗯，多虧了你是有比較有趣一點了。」N愉快地說。

此時，「叮咚」聲響起。B直覺應該是A來了，迅雷不及掩耳地按下對講機的開門，並到玄關迎接。門一打開就看到A捧著巨大花盆，插在花盆的標語寫著「我是你的呼吸」，B一副這是對他說的話一樣感到心動。

「好重喔，幫我拿一下。」

B甚至也沒穿鞋就敏捷地接過花盆，A看起來雖然很累，但她的臉上滿是生機，感覺是把該做的工作做完的痛快感。

「哇，我明明就校訂超多遍了，真不知道怎麼會沒看到那個錯字，但不幸中的大幸是，好險在印刷前先喊了暫停。」A喘口氣，露出放心笑容，一和B對上眼神就露出半月形的笑眼。

B因為對方的笑容感受到心裡撲通一沉，然後他也必須接受一個事實，他明明開了這麼久的車，回到家卻還是輾轉難眠的原因，想必就是A了。

A並不討厭跟這些人持續見面，大家雖然看起來都多少有點特別之處，但這對於總是跟同溫層見面的A來說反而很新鮮。但再怎麼說，現在這個場景不太對吧？N莫名地拿著一支鋼筆，在狹窄的房間裡努力逃跑，D則是緊追在N的身後。這看起來就好像是野餐時會玩的丟手帕遊戲一樣，A也不禁莞爾。

「在我還願意說好聽話的時候給我還來。」

「才不要！」

但最讓人慌張的應該還是在這種混亂之中，依然事不關己，獨坐飲酒的C。A避開D和N，一臉興致盎然地坐在C旁邊，B則是挨著A旁邊坐下。

「看來妳是真的很喜歡喝酒呢，這裡亂成這樣，妳還是喝得很起勁。」A先開口。

「啊，因為我一喝酒就不用思考了。」C沒把這當成什麼大事地說。

A一下就愛上C的坦率。

「也幫我倒一杯吧。」

A態度柔和地拿了紅酒杯，C幫她填滿酒，A一口氣喝光，又遞出酒杯。

B一臉擔心地看著A：「A大吃過飯了嗎？」

「啊，還沒，結果我也不自覺先喝紅酒啦，可能因為我今天很想要停止思考吧？我平常都太焦慮，戰戰兢兢地想著大家是怎麼看待我的，然後今天剛好對這件事感到特別委屈？」A再次神奇地看著N和D，乾了第二杯酒。

「我當了超過三十年的模範生，從來沒有遲到或缺席，是個非常聽話的小孩。但當我思考『所以我到底得到什麼？』時卻也沒什麼收穫。跟初戀談了超過十五年的戀愛也可能瞬間瓦解，這就是人生嘛，但明明偶爾可以放縱一點、也可以讓自己墮落一點的。」A不曉得是因為空腹喝酒，醉意湧上，還是單純想要暢所欲言，總之她繼續說下去：

「我就算過得叛逆一點，哪有誰會罵我啊？不對，就算被罵又怎樣？大家不都是這樣過的嗎？我現在也想放過我自己了，昨天半夜去看海對我而言是非常巨大的冒險及勇氣，因為我是個警戒心特別強的人，但做完這件事卻又出現『我怎麼到現在才做這件事呢？』的想法。明明也沒人強迫我，我卻又挖了某個洞窟，把自己困在裡面，因為我不可以闖禍，要正直地過生活。」

A的臉上閃過一絲不開心，但很快又像個孩子一樣笑了：「我可能是空腹喝太多了，哈……也太熱了吧？」

A單手抓起長髮，另一隻手在臉旁邊搧風：「我先出去吹吹風。」

A起身時有點踉蹌，B趕緊扶著她一起起身：「這麼晚了，一個女孩子是想去哪？」

「嘿嘿，我想吃冰淇淋。」

不像我的一天，A覺得今天就是那一天。才剛咬一口冰淇淋，手臂上的細毛爭先恐後地展現存在感。明明身體覺得冷，但心裡卻湧上一股火燙的熱氣。好像是過去的某個瞬間突然湧上，心臟開始噗通狂跳。A覺得自己好像掉進深不見底的水裡，正在不斷掙扎。

直到手機震動，她才回過神來。正當她為了接電話把手伸進口袋，卻發生原本手上的冰淇淋掉到地上的慘劇。冰淇淋已經變成無法辨識模樣的慘狀，A就像是被按下暫停而停止動作的主角，她的目光固定在冰淇淋上，眼神有著不曉得是埋怨或哀怨的不知名情緒，接著眼眶就像水坑積水似地，瞬間匯積淚水，最後開始像個孩子，哇哇大哭。

「我、我重買一支冰淇淋給妳好嗎？別哭了。」B非常慌張，他雖然嘗試安撫A，但他根本不知道該怎麼安慰一個已經老大不小，正在大哭的成年女子。「別哭了」這三個字就像導火線一樣，讓A哭得更大聲了。

「這個吃到一半掉在地上的冰淇淋，跟我好像……好像我。」

B雖然很希望自己是個知道這種時候該怎麼安慰對方的男人，但他能做的事就只有默默輕拍對方肩膀而已。

A以一股好像要把這一年來的淚水通通哭乾的氣勢，像個在市場裡跟媽媽走散的六歲小孩，哭得傷心欲絕。

＊＊＊

N一邊跑給D追，一邊覺得現在這個狀況很有趣而發笑。因為她的一時分心，被C放在一邊的包包背帶絆倒。在排成一列的燒酒瓶和啤酒瓶要像骨牌一樣整排倒下前，聽到哐啷啷的一陣騷動。接著，N抱著嵌了玻璃碎片的膝蓋，直勾勾地盯著傷口。

D也一樣被嚇到了，但他的理由不同。D看著他那已經摔爛的鋼筆筆尖，筆尖就像D現在的心情一樣，流淌著漆黑的墨水。而N事不關己地自顧自看著她受傷的膝蓋。

「靠，煩死，流血了。」

C一臉無言地瞪著N：「小姐，現在流血不是重點吧？D大的鋼筆是要怎麼辦？趕快先道歉吧。」

「真是的，這支筆才多少錢而已，大叔，這筆多少？」N拿了錢包，神經質地掏出好幾張五萬元鈔票。

瞬間，C的眼睛不自覺瞪大，因為錢包裡的N身分證有一個特別眼熟的名字。

「金汝珍，980607」

N拿出好幾張五萬元鈔票隨便丟在D面前，接著找到OK繃貼在她的膝蓋，靜靜觀望著這一切發生的C兇巴巴地對N說：「跟十年前相比還真是一點都沒變。」

C拎著包包起身，N一臉詫異地抓住C的手臂：「妳說什麼？」

＊＊＊

A隨意地用手背擦掉眼淚，冷靜下來的她用冷靜的語氣問B：「你覺得什麼是愛？」

B還在思考該怎麼回答的時候，A又淡淡地接著說：「我跟一個人交往了十五年，但是他卻在同學會那天，我因為身體不舒服先回家的那天，跟我朋友上床了。」

B是真心驚訝，但A的語調太冷靜，讓他不知道該做出什麼反應，只能搔著自己的頭。

「在那之後我就不相信愛情了，因為人類也不過是慾望的奴隸而已。」A先是微微地笑了，接著變成難以克制的大笑。

「我再跟你說個更有趣的故事吧？聽說他們倆只要有機會就背著我偷偷來，但被我抓包之後又來苦苦哀求我，說他們不是愛，要我原諒他，只是失誤而已，但失誤有辦法這麼常出現嗎？」

「哈，還真是瘋子，那××住哪？」

B的反應似乎讓A覺得被安慰到了，她微笑搖頭：「啊，看來我是真的喝醉了，怎麼什麼都講啊。但多虧了你，我才能這樣盡情痛哭，這段時間以來，我都在忍著不哭，因為自尊也沒辦法跟任何人講，但最讓我受不了的其實是我的懦弱。只不過是跟一個男人分手而已，就搞得好像世界也跟著末日一樣，過著沒有靈魂的日子，是真的很不怎樣嘛。」

B好像能理解A的心情，畢竟他也曾有過墜入深淵的歲月。雖然現在因為時間沖淡了，但如果有人揭穿，那個傷口又會抬起頭來，好似要告訴大家傷口還在這裡。B心中有一股確信感油然而生，如果那個對象是A，那他好像也能把自己的故事講出來。於是他嘴唇抽動了一下，開口說：「其實我也有類似的傷痛。」

A詫異地看著B，眼神還隱藏著「原來傷口能認出傷口啊」的意思。

「其實我離過婚，不過以戶籍來說是乾淨的，只是我們辦了婚禮，也去了蜜月。」

A聽到B的坦誠不禁啞然，她知道不管是什麼話語，壓下來不說會比真的說出口好一百倍。為了安慰他人而草率說出口的尷尬話語，反而只是更加翻攪對方的心情而已。所以A以耳朵代替嘴巴，期待著她那「你想說多少故事都沒問題，我都會聽」的心情能觸及對方。

「雖然我們不同部門，但其實是辦公室情侶。我想說我們已經很了解彼此了，結果只是我一個人的錯覺。那是一趟只有我獨自興奮的蜜月旅行，她時不時就在看手機，這個行為真的很奇怪嘛。剛好在她去洗澡的時候，她手機響了，於是我就打開了那個潘朵拉的盒子。她跟有婦之夫的上司說『親愛的，我好想你，好想快點回首爾』。」

笑得很虛脫的B眼神很悲傷，A也跟著淚汪汪的，淚水順著臉頰滑落，她哽咽地說：「是我們太天真才會被騙嗎？還是世界上本來就有很多渣男渣女呢？」

「我也不知道。」

「老實說我也不知道我以後該怎麼做，更是不知道要相信愛情到什麼程度。」

A像個無法輕易止住眼淚的孩子打了嗝，然後又對這樣的自己感到無言而笑了，B也跟著A笑了。他們為對方打開自己內心最深鎖的那扇窗，那個縫隙吹進一陣涼爽的風，並留下了暢快。

「我也是這樣，所以才開始冥想的。」

「有辦法變好嗎？」

「已經三年了，現在才總算可以喘口氣。」

「那你怎麼有辦法繼續上班呢？如果都去了蜜月，大家應該都知道吧？」

「當時我所能做的選擇就只有把那女人變渣，不管我是沒用的傢伙、不幸的傢伙，還是可憐的傢伙，我根本沒有心力去管別人怎麼看我。我只能為了活下去，把一切都替換成不好的回憶，像個工作狂一直工作。不分是前輩或後輩的事，只要碰到了我都做。但也多虧於此，我在同期之間是最早晉升的，也存了不少錢。至於對方是離職了，現在也過了段時間，最後都還是會被淡忘的，畢竟大家都忙著顧各自的飯碗。

「沒錯，若要說我透過這次失戀有學到什麼，那就是他人對我並不如我想像的有興趣。這充其量也只是一件其他人的事而已，即便當時可能是個非常驚天動地的八卦，但也僅限於那時候。」

A像個做出重大決心的人，拉高音量說：「我決定了，我接下來要放縱一點過生活了。昨天晚上我看到海平面上的眾多繁星，突然有了這個想法，我們現在看到的星星其實都是來自過去的嘛？當這些過去也過了，就只會留下這些光芒而已，既然這樣，那我至少要當一顆隨心所欲生活，但閃閃發光的星星留下。」

「這個話題怎麼好像轉進很奇怪的方向了？」B似乎是覺得這樣毅然決然的A很可愛，笑著說。

「然後我再也不會談什麼戀愛了。」

「都是徒勞。

「但有些時候，心裡又會非常空虛、孤單，真不知道這種只有膚淺關係的生活可以持續到什麼時候。可能因為我是獨生女的關係，看到爸媽年紀漸長，也開始有些害怕了。

「我想大家的煩惱應該也都差不多吧？

「乍看之下，我看起來是完全沒問題的。能跟大家打成一片，工作也挺順利的，但就是很空虛。

「會不會這其實才是人生呢？如果覺得是因為發生某件事，我的人生才變成這模樣，那不就太委屈了嗎？每個人本來就都是孤獨的。

「我很害怕跟別人交心，但也因為我不交心，其他人對我的態度也差不多就是那種大小而已。」

「這個問題太難了，其實我小時候也沒想過這些，但為什麼年紀增長就覺得越來越複雜了呢？」

A沒有回答B的問題，起身說：「大概是因為不想吃虧吧？我們回去吧，大家應該在等我們了。」

* * *

A和B對於眼前發生的現實感到難以置信，他們不在的這段時間到底發生了什麼事？房間裡的酒瓶破碎，鋼筆墨水飛濺四處。D靜靜坐在一角猛灌燒酒，C則是要N放開她的手臂，但又因不如她所願，反而伸出另一隻手打了N一巴掌。

A嚇得拉住C，B則是觀察著N的臉色。

「不是，大家這是怎麼回事啊？」

此時，N忍無可忍地開始大叫：「真是個瘋女人！」

N一面大吼大叫，一面從口袋拿出昨晚在超商偷的小刀。她確認A和B都僵在原地後，更加得意洋洋地大叫。C忍無可忍地踹了她一腳，那一腳精準踹中N的手，小刀也隨之掉落。

B眼明手快地撿走小刀，放進他的外套口袋。D則是拋開這一切混亂，沉浸在自己的世界裡獨酌，然後電話響了。

「Oh my god大打電話來了。」

大家的眼神都看向地上的iPhone，N若無其事地拿起手機躲進廁所。

A這才鬆了口氣。

「哈，到底是發生什麼事了？但這名稱設定也真是太Oh my god了吧？」

「God？該不會是G大吧？」

B像個偵探皺起眉頭。

「怎麼可能，她們倆難道會私下交換號碼嗎？應該也沒那個時間才是。」

A一副不可能發生這種事的反應，斬釘截鐵地說。

「但是C大，我們倆出去的時候發生什麼事了嗎？」

C甩了N一巴掌之後，怒氣依然沒有消散：「不是，N大拿著D大的鋼筆跑給人家追卻跌倒了，才搞出這些事情。她沒半句道歉，只顧著自己受傷流血的傷口，哪有人這樣啊？」

「但因為這樣就打對方巴掌好像也太過分了。」

B皺著臉，C用頭指了一下D的方向：「你都看到他那種樣子了還這樣想嗎？」

「神的啟示……神的啟示……神的啟示……」

B走向不斷重複著相同話語的D：「D大還好嗎？」

但是D還是只盯著酒瓶。

「我才沒有多誇張。」C抗議過後又補了一句：「真搞不懂怎麼會跟以前一樣完全沒變。」

A想說是不是自己聽錯了，歪頭表示疑惑。N從廁所走出來，C一副不想再看到對方的態度，沒打招呼就砰地甩上大門離開。A不曉得該怎麼收拾眼前的殘局，只能搓搓手指。

「看來今天還是到此為止會比較好，冒犯了。」

B突然把雙手伸到D的腋下，使勁把對方撐起來。D突然覺得他的身體好像別人的，感覺天花板就像地板，地板就像天花板。在他實在不知道到底是他的頭在天旋地轉，還是心在天旋地轉的當下，A拿了一罐五百毫升的礦泉水朝著他的臉潑。

「很抱歉才第二次見面就這麼做，請你清醒一點。」

＊＊＊

C雖然試著回溯過去，到底是什麼時候、從哪裡開始出了錯，但她沒找到答案，這就是一段孽緣。她淚流不止，無法搭計程車跟公車的她，也不知道目的地在哪，漫無目的地走著。她那麼努力又費勁想逃脫的那段過去又抓住她的的腳踝，現在的心情只能用「絕望」二字形容。

「喂，妳就是勾引我男友的婆娘嗎？」

「什麼意思？」

「妳這女人真是！我早就都知道了，三班朱恩澤。」

當年還是個十五歲少女的C也不懂該怎麼生氣，只能靜靜凝視著十五歲的金汝珍。

「喂，恩澤都招了，是因為妳勾引他才寫那封信的。」

「我現在根本不知道妳到底在說什麼！」

大型補習班的休息時間通常分為兩派人，一種是即使時間短暫也不能隨便浪費掉的認真讀書派，另一種是至少在這段時間裡也要盡情聊天的熱情聊天派，但不管是哪一派，兩人的對話聽在所有人耳裡都是非常有吸引力的素材。

C覺得要先避開這些人的耳目，起身推了N一把，接著她看到對方制服別的名牌：金汝珍。

「妳剛剛是推我嗎？」

「不要在這裡吵吧？」

「妳現在是想逃嗎？妳也承認妳在背地裡搞這些小手段吧？如果妳還是個人，總要知恥吧！」

此時，推測為與N同夥的三位女學生靠近，C後退了一步，聲音也小了許多：

「幹嘛這樣啊，我根本不知道朱恩澤是誰，寫信又是什麼意思？」

「就是因為妳誘惑恩澤，他才會寫那封真誠懇切的情書啊！」

N用顫抖的聲音說出這句話，接著落下雞屎大的淚水。推測為N跟班的三名女學生也怒瞪著C，C感受到所有人目光聚焦在自己身上，非常窒息。

此時，宣告休息時間結束的鐘聲響起，推測為心腹的女學生把C拖到走廊上。

「我喔，最討厭那種假裝不是自己勾引的婊子，妳還打算狡辯妳什麼事都沒做，是恩澤自己亂講的嗎？」

「我真的不知道誰是朱恩澤。」

「到最後還想撇清啊？好啊，我退一萬步相信妳說的話，就當作妳不認識朱恩澤好了，但也還是妳的錯。第一，妳讓我們汝珍傷心了；第二，妳害我不能上第二堂課；第三，光憑上述兩點，妳的存在本身就是個錯誤。」

這聽起來毫無邏輯，但十五歲的C還沒強大到有能力反駁，她當下真的懷疑起自己的存在是否真是個錯誤，一股難以控制的思緒如暴風雨落下。

＊＊＊

『怎麼偏偏是這個社區？』D一邊踉蹌著心想，鋼筆筆尖已全毀，這是神要他徹底將那個女人抹除的啟示嗎？但不管是什麼物品，既然有著回憶以上的力量，那個東西就會是救贖，也是人生存在的理由，所以現在的D不斷思考著這難以形容的心情，最後又被那一天蠶食。

「親愛的，你看這邊。」

她遞上的鋼筆有著刻印，「以文章連結世界」，D用力地讀了幾次，不自覺露出笑容。

「這麼喜歡嗎？那我下次買更好的給你，用這支筆寫作，這次的徵件比賽一定會上的。」

「現在哪有人拿筆寫作啊？妳是故意買這種東西給我的吧。」

D說著根本不是真心的話，但目光卻無法從那句刻字移開。對方似乎明白他的心情，又更加開朗且大聲地說：「是嗎？那等你比現在更、更、更有名之後，舉辦作家簽名會的時候，一定要用這支筆簽名，知道嗎？」

在D被過往回憶蠶食而搖搖晃晃時，現實為了把他打撈出來，響起「叭——」非常大的警笛聲，一輛轎車驚險地從他身邊呼嘯而過。

回過神來，D才發現他已經離開人行道有五步距離，但現在是紅燈。通常這種時候應該要趕緊回頭，回到人行道上才是，但因為D也不在正常狀態內，而是呆滯地站在原地。站在那不斷咒罵他、穿梭身邊的車輛間的他，就這樣哭了好久好久。

＊＊＊

N看著亂七八糟的套房想著，如果她的內心被挖出來，應該就是長這個樣子。還以為她的優點就是不會被輕易動搖……但對於這個總是她獨處的空間感到尷尬，卻是相當陌生的體驗。在歌手熱情燃燒自我的表演結束後，看著曲終人散的空蕩蕩觀眾席的心情，應該可以拿來比喻她現在的感覺吧。被C打的兩巴掌雖然還熱辣辣的，但她的心卻沒有跟著火熱，反而更像是她一直都在等著有人能罵醒自己，內心覺得痛快。

N忘記自己是個有潔癖的人，開始在地上翻滾。她無視那些隨便躺倒在地的酒瓶與下酒菜，以沒有洗澡，也沒有換上睡衣的狀態，靠著床的一邊躺下，然後打電話給他。

# 4

# 過去與現在，以及未來

一身白色T恤、破牛仔褲、揹著後背包的造型，今天的G也一樣騎著電動滑板車出門上班。穿過風勢與城市風光，形成又開啟另一個新世界的錯覺。以只有安全帽，沒有其他護具的無防備狀態迎接這個世界的感覺，既恐怖又刺激。G的心情暢快許多，他也不記得昨天到底是怎麼改變對話方向，是怎麼脫離絕境的，看了時鐘才發現已是晚上十一點之後，那個沒有結論的對話結論，就是了解到他與對方是多麼珍貴且無法斬斷的關係，兩人之間有著純潔崇高的某種東西存在。G決定接受這段他必須斬斷某部分心意才能維持下去的關係，也才驚覺這個插曲反而讓他能逐漸整理好自己的心意，也產生了再也不會發生相同失誤的信心，同時也在心中種下只要他們還活著，他們將會永恆不渝的堅信。

G　大家早，昨天玩得還開心嗎？下次有約的話，我一定會參加的。

可以約定未來的關係該有多麼甜蜜呢？而人的一生又是多麼有限？現在的G雖然不能跟那個女人在一起，但他也沒有因此不幸。因為對他而言，還有著可以分享孤獨的這些人。G發送訊息後，坐在椅子上旋轉一圈，然後笑著起身，他的表情也更顯平靜。

另一方面，B因為宿醉的關係，扭曲著一張臉，緊抱著頭。他半躺在床上回想昨天發生的事，他跟A聊的那些內容都是真實發生的嗎？跟擁有類似傷痛的人面對面，看著對方傷口是個有點陌生的體驗。他的過去已經來到現實，也不再會折磨自己，他心中只有一個念頭，他想撫慰對方內心的傷痛，而他的大腦被這個念頭支配的事實也讓他相當振奮。『我和A的未來會怎樣呢？如果是靈魂相似的人，至少不會又劃出那種類型的傷口，如果能這樣生存下去，光憑這點就已經是巨大的安慰，也是人生的意義吧？』B對於他的腦海被這種想法侵略感到震驚，猛力地搖搖頭。

B　下次的聚會嗎？那今天約在我家如何呢？

G　喔！我可以。

A　生存！所以我們是要連續三天見面嗎？我可能是因為昨天空腹喝了紅酒，到現在還覺得不太舒服。

B　哎呀TT，還好嗎？那就來我家解酒吧^^;;

G　呵呵，感覺兩位今天好像變得特別親密喔，只有我有這種錯覺嗎？

A　蛤？但今天是不是C大生日啊？我跳出了今天生日的朋友通知。

N　生存。

D離開群組。

G　天！D大怎麼離開了？

A　老天！

B　我再邀請他看看。

G　昨天發生什麼事了嗎？

N　他跟我有點矛盾。

G　這件事怎麼現在才……

N　我們才開始聊天沒幾分鐘欸。

A　啊，感覺N大應該要道歉吧……

N　跟D大道歉嗎？該不會是C大說的吧？

G　到底什麼事……

N　啊，又不是什麼大事，幹嘛這麼大驚小怪？我昨天把D大的鋼筆弄壞了，但應該得到道歉的人應該是我吧？因為跌倒見血的人是我，甚至C大昨天也打我巴掌不是嗎？

G　這件事好像不該在這邊處理，我們還是見面後慢慢聊吧。

＊＊＊

B暫時放下手機，走到陽台邊。他攤開手掌，掌心展開了明亮陽光的饗宴，涼爽的風透過為了通風換氣而打開的窗戶打招呼，B聽到在家門口的遊樂場，孩子們嬉鬧的笑聲，不禁露出微笑。他又拿起手機在客廳徘徊，不斷撥弄著無辜的手機，他打開聊天軟體又關閉，搖了搖頭，接著做出重大決心似地咬著嘴唇，他決定要私下聯絡A。

B　A大，身體還好嗎？

B緊閉雙眼，進入「隨便，不管了」的心態。他對於無法放下手機，不斷確認聊天畫面的自己，忍不住笑了出來，但也沒關係，因為做點什麼，總比什麼事都不做更好，是他在人生中學到的智慧之一。

同一時間，A正和組長一起在漢江跑步。

「不是，組長妳是我媽媽嗎？為什麼突然這麼老古板啊！」

「我哪有？」組長瞪著大大的雙眼看向A反問。

「這種黃金般的星期天就該跟老公甜蜜度過啊，公司同事就只在平日見面吧，真是夠了。」

「我看妳這不懂事的小鬼還差得遠喔，再怎麼親密的關係都還是需要距離，需要呼吸的孔洞，換句話說就是換氣口。」

「真羨慕組長這麼聰明喔。」

A氣喘吁吁地找到一張長椅坐下，組長在她身旁坐下，捏了她的臉。

「真是的，妳這年輕人。」

「哈，就說我昨天喝多了啊！」

「我也是有喝酒的好嗎。」

「啊，組長妳別再說了，我快吐了。」

「要幫妳買解酒劑嗎？」

組長也沒聽A的答覆就起身，A看著她的背影，內心還是慶幸自己有出門，不然要是待在家，肯定又是躺整天了。

A不經意看了一下手機才發現B傳了訊息，但妙的是她內心居然有點小鹿亂撞。正當她要回訊息時，組長買了兩瓶礦泉水和解酒劑回來，她又趕緊把手機放進口袋。

「妳在幹嘛？喝點這個吧。」

A喝了半瓶組長遞上的礦泉水，然後一口乾了解酒劑。

「呼～感覺活過來了。」

「妳想要怎麼解酒？黃豆芽湯飯？」

「不，我想吃比較膩的食物，卡波納拉義大利麵。」

「妳還真特別。」

「所以昨天怎麼樣?好玩嗎?」

「就,大家又吵架又鬧的,真是沒在誇張。」A像是一個想起有趣回憶的人,噗哧一笑。

「說又吵架又鬧的人為什麼看起來卻這麼享受啊?該不會是妳起頭吵架的吧?妳這年紀如果不是要用身體跟男人吵架的話,就別吵了。」

「組長妳也真是的,一大早就這樣。」

A伸手推了組長,瞇起眼睛,組長露出一抹微笑:「所以那邊真的沒有不錯的男人嗎?」

「喔對了,我覺得超酷的,我們群組有李音作家耶!」

「李音?是那個五年前超紅的文學大賞李音作家嗎?」

A頂著紅通通的臉點點頭。

「簽名呢?妳要先跟他要簽名吧。」

「真是的,他五年前也是個只用筆名的人,因為是我們這個業界的人才會知道李音作家的長相啊。在人那麼多的地方要怎麼講這些啊?氣氛也不允許。」A悄悄對組長說。

但組長卻毫不在乎地大聲說：「所以李音作家最近在幹嘛？他不出下一本作品了嗎？找他跟我們簽約吧。」

「不，我沒空跟他聊私事，狀況也不允許，主編。」

此時，組長的眼神亮了一下，她拉長句尾說：「所以妳是對李音作家有好感吧？他本人怎樣？」

「組長的預感真的很爛耶，聽起來他好像在寫作中，但可能不太順利吧，整個人看起來無精打采的，人生的事情還真是很難說。」

組長揪著A的頭打了一下：「對啊，這麼懂的傢伙怎麼會因為一個男人就這樣喪氣生活啊？」

「吼！組長，妳幹嘛打我！」

「因為妳做了該被打的事情，我就打了妳一下，怎樣嗎？」

「反正當時是因為李作家的書，才讓我們推的書都見不了光，那本小說本來就是話題之作，我們根本就只能縮在一邊。」

「妳怎麼不安排一下跟敵人同寢啊？」

「組長！妳想被直屬後輩罵罵看是不是？妳最近慾求不滿嗎？姐夫不願意

嗎？」

「妳這小鬼頭還真是口無遮攔。」

「不是啊，剛剛是誰才在說要跟男人用身體打架，還說要跟敵人同寢啊？」

「算了，所以到底有沒有不錯的男人啦？」

「沒這種事情，我才不要再談什麼鬼戀愛了。」

「天啊，年輕小女生幹嘛不談這種好事？我想談也不能談欸。」

「組長明明就談夠了戀愛，甚至都比較晚結婚了還想談啊？啊，這該死的情緒消耗。」A好像打了寒顫似地，全身抖了一下。

「當然想啊，結婚就是現實，戀愛可是浪漫。所以你們今天是要去那個B的家嗎？」

「有約說要聚會，但我還在考慮。」

「為什麼要考慮？換作是我應該會很期待每天都見面吧？妳不知道上了年紀要遇到心意相通的人是一件多困難的事嗎？」

「這是一回事，但我也搞不清楚這段關係到底可以走多遠，我也很厭倦再向其他人付出感情，對其他人有所期待或失望了。」

「但至少那些當下妳是很樂在其中的啊，這樣就夠了，幹嘛想得這麼複雜，還計較這麼多？」組長又打了A的頭。

「組長！我又不是小孩子！」

「但看起來這個群組應該給了妳不少安慰吧？妳最近很常笑。」

「坦白說，這點我也認同。明明是不太熟的關係卻相處得挺自在的，只要見面就覺得很好玩，我們會亂聊很多東西，能因為一些芝麻蒜皮的小事樂在其中也讓我覺得很神奇。有點像是我人生中的小驚喜吧？有種回到高中時期的感覺。」

「在一段關係裡要保有純真並不容易啊……真好。」組長好像在看可愛小狗一樣，露出了微笑。

「呃，組長妳剛那表情是什麼意思？好噁心。」A一臉吃驚地看向組長。

「反正妳想要維持那個純真到最後是吧？妳該不會要終生守貞吧？」

「什麼啦？幹嘛守貞？就說了組長妳不懂，我可是一團慾望耶！」

A輕聲說完，組長噗哧一笑。

「是是是，所以一夜情的感想是？」

瞬間，A原本就大的眼睛睜得更大了。

「不是啊，妳前幾天連頭髮也沒完全吹乾，衣服又是穿那個什麼啊？誰會穿著超貼身黑洋裝和細跟高跟鞋，但卻幾乎沒化妝啊？這怎麼看都像是去夜店玩，外宿後直接來上班的樣子啊。」組長一副眼前看得到那副光景的樣子，充滿自信地說。

「哈，組長真是有夠鬼的，我怎麼還會想騙過妳呢？但妳只猜對了一半，脫序這種事也不是每個人都能做的。」

A的這番話讓組長聳肩：「妳老實說吧，如果不是李音作家的話，是那個B讓妳有點在意吧？所以才在煩惱要不要去。」

A避開組長的眼神假裝若無其事，對方更強力地說：「恩秀，不要放任妳自己被過去支配了。」

恩秀低下頭，看著腳上的慢跑鞋。用鞋子在沙地畫著無意義圖案的她一抬起頭，就發現組長用一雙溫暖眼神看著自己。

「一切都會好的。」

這一句話形成了一陣波瀾，撼動了整顆心，好像有人在她獨自浸泡的浴缸裡滴了一滴彩色顏料、就像那鮮明的顏色緩緩暈開，引起了動搖，就像那已經滿到極限的浴缸最後還是溢出來那樣，恩秀哭了又哭，組長緊抱著她。

＊＊＊

B決定專心地讓身體忙碌起來，他把寢具和被褥通通收起來丟進洗衣機，用科技海綿把窗框灰塵擦乾淨，沒在做事的另一隻手則是緊抓著手機，不定時確認通知。但即便如此，他腦中有關A的想法就像黏在髮絲的口香糖，完全甩不開。B覺得要是他再繼續待在家裡，可能會毫不猶豫地做出什麼蠢事，於是他決定要去坡州的智慧之林，如果去開闊的地方走走，那他的心情應該也會豁然開朗吧？

這段時間以來，B都以要忘掉傷痛的名目，埋首於工作。不再接觸喜歡的音樂、電影和旅行，將自己阻絕於會引起感情波動的一切之外，才好不容易撐了下來。因為害怕愛情與分手後的痛苦時期，他只能守著孤寂才能活下去，他也覺得不會有人能打破這個狀態。在他相信著自己必須這樣才能活的這段時間裡，雖然內心非常平靜，但他一直以來都飽受某種缺乏之苦。正如那是個無可奈何的選擇，那他的心被跟他有類似傷痛的女人佔據的此刻心情也是無可奈何。

星期日上午的圖書館很安靜，只有一對年輕夫妻帶著約莫五、六歲的孩子、來約會的二十幾歲情侶和獨自坐著看書的人們。B看著比他高出許多，觸及天花板的書，感受到一股壓迫感。那股壓迫感在大腦歷經有點奇妙的聯想，轉成對那個女人的尊敬。『居然是製作書籍的人。』對於成天坐在電腦前，被數字和符號包圍的B而言，A就像是全新的宇宙。他緩慢但留心地在書架上尋找書籍，但目光卻老是被戀愛相關書籍吸走。他從中挑了一本坐下，環顧四周。會需要觀察四周是因為他自己也產生了變化，映照在窗上的楓葉與銀杏樹色也渲染了B的心。

B覺得這幾天有所改變的自己還不錯，這才總算出現了可以重新出發的預感。他對於自己才瀏覽了書的目錄，卻又打開YouTube搜尋「女生會喜歡的男生行動」這種幼稚心情相當滿意。

此時，A回覆了。

A　嗯，我沒事。

＊＊＊

A家裡的陽台有塊小巧可愛的菜田，生菜、小番茄、紅蘿蔔和菠菜等擠在一起，這個長得漂漂亮亮的地方是她最喜歡的空間。A在這裡種下跟那個人一起挑的種子、澆水、一起看電視、喝酒、分享愛與上床。這一切都很自然而且舒服，她也相信自己可以在這樣的時光裡永遠活下去，在她知道真相前為止。對於被她自己搞砸的菜田深感愧疚的A，在分手之後更加悉心照料。只要坐在露營椅上，看著翠綠的葉片，她心中的雜念就會消失，不管是再嚴重的事也都會變得不足為奇。植物是很正直的，你給它多少愛，它就會努力綻放，炫耀著自身的耀眼，並且結果。

如果沒跟那個人分手會怎樣呢？A常常這麼想。她會變成一個到死的那天為止，也不被這種骯髒的不倫劇影響，用一顆不知世面的少女心，只愛著一個人活下去嗎？比任何人都更加平凡且普通的那種。

要意識到終結關係就是關閉一個世界的事，其實不需要耗費太多時間，A替花盆澆水時想起那天，皺起了眉頭。

「你？甚至也不是跟其他人，你居然……」

A不敢置信地搖頭，接著開始大哭。然後又突然回過神來，緊抓著東宇，瞪大眼睛問。

「不是的，不會吧？東宇，你再說一次，不是吧？你是在說謊吧？為什麼要這樣？是我有做錯什麼事你才要這樣子嗎？」

A的眼神閃過一絲瘋狂，但對方卻是不發一語地低著頭。A對於現在發生在自己身上的這件事實在難以置信，不對，應該是完全不想相信。她落在東宇身上的每一拳力氣也逐漸變小，或許該說是全身的血液都往外流的感覺。

「恩秀，我真的很抱歉。」東宇好不容易才擠出這句話，把手放在恩秀肩上。瞬間，恩秀的頭髮豎起，手臂也起了雞皮疙瘩。突然清醒過來的恩秀冷冷地說：「把你的髒手拿開。」

也不曉得過了多久，在恩秀振作起來的時候，菜田的植物已是無法辨識的狀態。恩秀覺得這跟她本人的狀態差不多，為了收拾破掉的花盆，當她撿起其中一塊碎片時，劃破指尖流出了鮮紅血液。她用力壓著傷口擠血，但跟內心的痛苦相比，這點程度根本不算什麼，她的指甲也因為黑色土壤變髒了。

B　那就好，晚點你也會來吧？恭候大駕光臨：）

A因為訊息通知聲才回到現實。『算了，不要再糾結於過去的事了。』她凝視著那片多虧她以對無辜植物贖罪的心、要照顧好自己的心，悉心照料才又重新找回生機的菜田。那些植物已經不是那天的植物了，這片鮮綠足以令人恍惚，只是那些痛苦的回憶依然不時變成錐子刺著A，現在也是時候該脫離了。

此時，「叮咚」聲響起，A疑惑心想：『這時間會是誰？』

＊＊＊

C輕輕關上臥室門，靜靜走進客廳。打開冰箱即可看到排成整齊一列的罐裝啤酒，她從中挑了艾爾啤酒，在餐桌坐下。啜了一口，不自覺發出「喀——」的聲音。她以為那是很久以前的事，以為自己已經沒關係了。C因為那件事情而轉學，但也得益於此，所有人際關係重新洗牌，也拿此作為藉口埋首於課業。不對，其實當時的C除了讀書以外也沒其他事可做。那是個光是父母離婚就足以讓人大受影響的年紀，她不想再結交摯友，也不想再被負面傳言纏身的情緒消磨。

轉學後的生活不上不下，還算平靜穩定。因為身邊充滿著善良的孩子，C更能專心讀書，也因此進了還不錯的大學，沒有經歷過準備就業的時機，大四下學期就成功就業了。C十分堅信她接下來的人生只有花路要走，因為光是十幾歲發生的那件事，世界就已經對她足夠殘酷了。

C又啜了一口啤酒，閉上眼睛，上一個公司的記憶就像電影膠片在腦中播映，是將每個場景放大，接著跳到下一場戲的播放方式。公出回來後發現桌上擺著一束花、驚喜拜訪公司的男友、公司內部徵件比賽拿到第一名、成功完成一個漫長專案而徹夜聚餐慶祝、然後下一場戲停留在有一封來自法院的掛號信那天。

那是個跟平常沒有太大不同的日子，剛進公司滿一年，對業務也有一定程度的上手，團隊合作也很不錯。她跟組員一起吃完午餐回來，正慵懶地喝著外帶回來的冰美式，郵差叔叔走向了她。

「是高淑子小姐嗎？」

「是我。」

「有妳的掛號信，請在這邊簽名。」

「怎麼會有寄給我的法院掛號信？」

她自以為小聲，但其實是不自覺地大聲說出口，驚覺這件事的她身體一顫，小心翼翼地拆開信封，讀了內容。她完全沒辦法理解這封信的內容，要是沒有人敲醒她，感覺她會一直僵在原地。

「高代理，妳怎麼了？」

鄰座的科長好奇地拉著椅子靠近，淑子趕緊把信件塞進包包。她實在不記得那一天是怎麼過的，她準時下班打電話給男朋友，但電話不通。時間就這樣無情流逝，那沒辦法跟任何人說明的地獄日子也持續著。

週末過去，星期一上班時，淑子一踏進茶水間就因為身為女人的預感而恐懼。國中時期圍繞在淑子身邊的那個氣氛又再次完整地在她的皮膚蔓延。她一踏進茶水間，原本在聊天的大家都閉上嘴，尷尬地笑著向她打招呼，她感受到一股上下打量的視線。大家好像約好一樣，陸陸續續離開茶水間，被獨留的她把咖啡膠囊放進咖啡機的手在顫抖，她踏出茶水間，走向自己最信任，私下見面都會叫對方姐姐的同期員工。

「妳們剛剛是在講我的事吧？」

「什麼意思？」

淑子硬是忍住衝動，沒把手上的咖啡潑向那張泰然自若的臉，反問道：「剛剛我進去的時候大家都突然安靜了啊。」她很理性，而且沉著。

「淑子小姐，妳最近有遇到什麼困難嗎？為什麼這麼敏感啊？」

這句話好像在說著奇怪的人才不是她們，而是她本人，這句話也讓淑子的耐性盪到谷底。

「之前才私下說我可以叫妳姐姐，現在又把我當瘋女了嗎？」

「我哪裡說妳是瘋女了？」

對方的音量拉高，能感受到大家都豎耳傾聽著她們的對話，一股既視感。

「到底是什麼啊？說啊，是什麼東西搞得妳們要排擠我！」

淑子真的成了瘋女高聲吶喊，部長起身走向兩人：「在這裡吵架對妳有什麼好處嗎，淑子小姐？前幾天妳收到的法院信函是什麼？妳倒是堂堂正正地說說看啊。」

這是可以預期的反應，跟淑子收到的法院信內容是否屬實無關，那些臆測已經在他人口中任意被膨脹與放大解讀，甚至擴散，並且成了大家的下酒菜。淑子感到絕望，也非常埋怨神，她覺得讓一個人遭遇兩次相同類型的試煉真的是很過分的事。

淑子甩掉部長抓住她的手，直接走出公司。

在幾天無故缺席後，公司寄來了解雇通知信：「自郵件傳送日起一星期內若沒有回歸崗位，將於此通知日期三十天後自動解雇，特此通知。」

淑子發出聲音讀著郵件內容，她好冤枉，她只不過是被非常惡毒的謊言給騙了，為什麼得獨自承擔這種侮辱，這股冤枉讓她瀕臨發瘋。

學生時代的淑子還能逃離那個情境，在新的環境專心讀書。但成年後的她得獨自處理這個狀況才行，但不管她再怎麼絞盡腦汁都想不到解決辦法。雖然逃避並不是最好的選擇，但當時的淑子只能這麼做。心靈有多脆弱，身體就有多脆弱，生理期沒有在預定日到來，身心俱疲，一切都亂七八糟。

此時，那個女人來找她了。

「請問是哪位？」

「金賢宇先生的妻子。」

從對講機螢幕看到的女人雖然不算特別醒目的美女，但精緻的五官與纖瘦身材，看起來是完全能激起男人保護本能的那種型。淑子替對方開門。

「有什麼事嗎？」

淑子盡量藏起她顫抖的聲音，她開門時也不是沒有做出覺悟，還覺得搞不好會被對方扯頭髮或潑水之類的，但對方卻是以鄭重的態度進門，觀察四周，然後立起原本擺在客廳茶几旁邊那個正面朝下的相框，看了好久好久才又放下。那是賢宇親吻淑子臉頰的交往一百天紀念照，那個當下，淑子要說她沒擔心那個相框朝自己飛來的話是騙人的，結果那個女人坐在沙發上說：「看來好像是我誤會了。」

**誤會**。淑子因為這兩個字崩潰了，這些人隨心所欲，順從自己的欲望，沒有半點對他人的體諒，現在才來用誤會這輕浮到不行的詞彙試圖蒙混過關，這股厚臉皮的態度讓她內心湧上一股憤怒。

『對，我一點錯都沒有，我不需要放低姿態，我不是加害者，而是受害者。』

淑子用盡全力不讓理智斷線，聽著對方說話。

「我以為妳是明知我丈夫跟我的關係還刻意這麼做的。」

這句話就像休眠火山爆炸一樣，觸動了淑子內心的某個東西。

「妳現在在說什麼？我……」淑子雖然想一一反駁追究，但她的哽咽卻把話也哽住了。

「我老公入伍之前可能很擔心我會離開他吧，當時的我們比現在更年輕，也以為愛情就是一切，所以我們就去登記結婚，在他退伍後也復學了。」

「妳的意思是說那傢伙腳踏兩條船嗎？」

「我們要把話講清楚，就我立場來說，這應該是外遇才對。」

瞬間，淑子的嘴唇開始顫抖。

「所以妳才會沒先確認事實，就把通姦訴狀寄到我公司嗎？妳知道我因為這件事，在公司的處境變得有多難堪嗎？」

「如同我前面所說的，是我誤會了，我以為妳知道他是有婦之夫還跟他交往，當時也覺得要斬斷你們的關係需要更明確的做法。反正我已經撤告了，所以……」

淑子忍不住在還想繼續說下去的對方臉上甩了一巴掌，她氣憤地說：「都是妳毀掉的，我在公司已經被造謠是小三，今天還收到解雇通知。妳現在想怎樣啊？妳說啊！」

淑子哭喊著，對方用手撫摸被呼巴掌的熱辣左臉，默默站在原地。

「這部分我真的很抱歉，但妳要跟一個男人交往之前總要先了解對方是怎樣的人再交往吧？妳以為每個週末都要上班這種說法是真的嗎？怎麼有人這麼天真啊？」

淑子緊閉著嘴心想：『所以是我太留戀、太天真又太善良，這個世界才會這麼小看我，才會這樣對我嗎？』

「我就問一件事吧。」

嘴唇乾巴巴的，世界上所有的聲音都被壓縮成電視畫面調整時的嗶聲，是耳鳴，淑子刻意忽視那個聲音，接著說：「妳跟那傢伙一起住嗎？」

這是她最後的自尊心，她還抱持著一絲對方更愛自己的期待。

「沒有，但我們今年一定會辦婚禮。」

對方的聲音沒了一開始的理直氣壯，反而越來越小聲了。

「我知道了，沒有其他話要說了吧？」

淑子一副妳怎麼還不快點走的反應，看了對方一眼，又看了眼玄關。

「希望妳不要再跟我老公聯絡了。」

『看來這個人也沒信心啊。』淑子心想，她用一種安慰以後將跟空殼生活的女人的心態，點點頭。

後來，雖然男方聯絡了淑子好幾次，但她都沒有接，她不想懷疑對方跟她相處的那些時間以及心意。復學後，對方對她一見鍾情並展開熱烈追求，交往期間也從沒讓她失望過。淑子相信他們是最完美的一對，也以為他們會就這樣步入禮堂。但她現在只能承認這是打從一開始就是錯誤的關係，而且無法挽回。

＊＊＊

「妳這是……什麼鬼樣子啊？」

星期天下午，突襲的父母一到就開始嘮叨。

「不是啊，你們要來之前要先講吧，要是我不在的話怎麼辦？」

恩秀氣呼呼地抱怨，媽媽也氣勢不輸地立刻回嘴：「妳難道是禮拜天會出門的人嗎？」

媽媽對這女兒是無所不知，也不自覺嘆了口氣，這隻親人的貓咪明久不懂貓奴的心，一見到媽媽就開開心心地撒嬌。媽媽覺得明久很煩便出腳撥開，開始她那嘮叨的第一小節：「妳這模樣是怎樣？昨天喝酒了嗎？」

恩秀抱著明久揉個不停：「我只是身體不太舒服而已。」

「我今天是要來聽妳給我個答案的，妳到底什麼時候才要辦婚禮啊？說要結婚都已經過多久了，妳也都不回家，成天說自己很忙，妳跟東宇吵架了嗎？還是發生什麼事了？總要講清楚吧？」

媽媽連珠炮的問題讓恩秀驚覺應該沒辦法再隱瞞下去了，不知不覺就這樣過了半年，是也該接受這是一段已經宣告結束的關係了。

「不是吵架，我們已經分手了。」

那個好似不小心把水杯弄掉的不經意語氣，讓媽媽的臉色僵掉了。恩秀知道媽媽受傷了，跟東宇分手這件事也在媽媽心上留下了深深的傷痕。

媽媽像是一個失語的人，緊抱著恩秀許久才無力轉身，爸爸只拍了女兒的肩膀兩下就離開了家。恩秀看著留在桌上的小菜盒低下頭，視線逐漸模糊。

＊＊＊

N已在同個地點坐了好幾個小時，在她的視線所及之處，在同個空間有不同行為的人們一直都是讓她感興趣的觀察對象。她找歌聽到一半，向員工要求冰美式續杯。她直覺兩小時前上傳的IG貼文留言數跟之前比起來少了非常多，應該是跟前天收到的私訊有關，這也讓她不禁豎起敏感的神經。

『到底是誰這樣汙衊我還散布奇怪謠言啊？』

思緒是環環相扣的，週日下午大家應該都出門去玩了吧？雖然她這樣安慰著自己，但失望的心情還是難以平復消散。N扯下指甲的倒刺流了血，罕見地感覺到自己被動搖了而變得焦慮。

此時，留言通知響起，媽媽也來了電話。

「幹嘛啦，我週末哪有去過那裡，妳不要一直管我去哪好不好……」

N的話都還沒講完就先嘆了口氣，媽媽的來電總能驅使她變得煩躁。

「就不能放過我嗎？我已經過了需要媽媽的年紀，幹嘛事到如今才在那邊……」

語尾不自覺帶著一點委屈，然後又轉為死心，唯一一個能動搖N的情緒的人，就是媽媽。

「我有在努力，好啦，下個週末見，我先掛了。」

掛斷電話才看了留言，上次傳私訊的人這次留了惡評。

當警告沒用的時候該怎麼做呢？實行？

讀著留言的N的手不斷發抖。

＊＊＊

透明的水在浴缸裡盪漾，恩秀坐在浴缸裡，把臉深埋進水中憋氣，接著勇敢地在水中把眼睛睜開，沒有發生任何事情，這時她才把頭抬到水面上，大口喘著氣。

『還活著，我還活著。』

她終於跟媽媽坦承了分手的事，『原本在水裡的我跟出水後的我，是完全不同的人。』恩秀心想，接著起身離開浴缸。

她凝視著鏡中用大浴巾包裹全身，把濕答答的頭髮盤起來的自己。臉看起來比半年前消瘦，身體也瘦了不少，特別是表情也跟之前不一樣了。她這才發現她已從一個懵懂的少女，變成懂了些什麼的成熟女性。這像是給克服長時間的睡魔，擺脫過去的自己的某種報酬。她打開衣櫃，掃視一輪裡面的衣服，挑出白色洋裝擺在床上，化了漂漂亮亮的妝。因為已經非常久沒化妝了，皮膚非常透亮，而稍早離開的媽媽懷抱的溫暖也還在。

「這段時間妳一個人該有多辛苦啊？現在就過得自由一點吧，也去旅行，妳開心就好，爸媽永遠站在妳這邊。」

恩秀看著鏡中的自己，露出燦爛笑容。

＊＊＊

Ｂ雖然很好奇Ａ會不會出席，但他決定不要追問，不過他還是盡全力做足了準備。他平常就覺得正向思考是他最大的優點，所以那種覺得Ａ會因為他就不出席，或是有狀況不能來的想法也因此排除。Ｂ打開冷凍庫，確認要跟Ａ一起吃的冰淇淋是否安好，接著搜尋《樂來越愛你》的OST〈City of Stars〉播放。從GENEVA音響流淌的細膩鋼琴樂聲讓他內心澎湃。時間不知不覺來到六點五十分，聽到門鈴聲確認了一下對講機畫面，是A。B乾咳兩聲，舒緩緊張，打開了門，然後露出開朗的笑容。

「歡迎。」

B可能是太緊張了，覺得他的聲音聽起來好像別人的聲音。

「啊，你好。」

A看玄關沒幾雙鞋子，尷尬地抿了嘴唇，站在原地猶豫好久才踏入屋內。她脫了鞋子抬頭，發現眼前掛著一幅《樂來越愛你》的電影海報，這才露出笑容：「看來你很喜歡《樂來越愛你》啊？選曲也是。」

B看著A說這句話的表情才發現她跟自己的喜好相同。

「對，這是我的人生電影。」

「我也覺得很好看，兩位主角跳舞那一幕真的超浪漫。」

A看著海報，笑著回答。

「我看著這一幕就想到一句話，活著的時候，請你閃閃發光吧，絕不要傷心，人生苦短，時間使它滅亡。」

B覺得A冷靜的聲音就像深夜DJ一樣：「是《塞基洛斯的墓誌銘》吧？」

A聽到B這麼說，瞪大著眼睛，揚起兩邊嘴角，露出非常純真的微笑。

『如果用整張臉來表達喜悅，應該就是她現在這個表情吧。』B心想。

「哇，好神奇喔！我第一次看到能立刻答出《塞基洛斯的墓誌銘》的人！」

B這才發現他讓A在門口站太久了，趕緊引導對方進入廚房。

「身體還好嗎？妳應該在家休息的。」

當A坐下來環顧四周時，B熟練地倒了一杯薰衣草茶，言不由衷地說。

「嗯，我沒事，早上有出去慢跑，我爸媽來家裡也聊了一下，也久違地泡了澡，感覺自己重生了。」

B聽到A的回答，覺得A是一個毫不偽裝的人。會詳細分享也沒人問出口的事，就表示她絕對是個溫柔多情的人。A很喜歡B的話不多，她覺得世界上有很多時候的話語根本盡不到話語的角色，都只是因為覺得沉默會很尷尬才說出口的無意義噪音。但B並不是會這樣的人。

「喝點這個吧。」

B把薰衣草茶遞給A，在她的對面坐下。

「謝謝。」

B把椅子往前拉，讓身體更靠近A的方向。A對於對方靠得比想像更近而緊張，但她不討厭這種久久才體驗到的緊張。

「我很喜歡《愛在黎明破曉時》系列，也喜歡《雲端情人》……啊，我也喜歡台灣的《不能說的秘密》。」

B看著A看得出神，突然回過神來：「哇，妳跟我的喜好也未免太像了，我在心裡也驚嘆了好幾聲，那我們聽這首歌吧？」

B用手機播放《愛在日落巴黎時》的OST〈A Waltz for a Night〉，A細品著音樂，頭也隨之搖擺。B好像被什麼東西迷惑的人，不知不覺向A伸出手。

「啊！」

A瞬間露出慌張的表情，但她因為腦中盤旋的那句話鼓起勇氣：「跳舞吧，就像沒有人在看著你；去愛吧，就像你從沒受傷過。」

時間屬性有其非常特別的面貌，即便物理時間相同，但根據狀況不同，能感受到的長度也是天差地遠。B希望時間能就此停止，希望不要有任何人來妨礙他們，

A則是覺得自己好像在做一個不想醒來的夢。

此時，「叮咚」鈴響，A回到現實，尷尬地趕緊鬆手。B乾咳幾聲，拍拍A的肩膀，走向對講機。

第二位抵達的人是G，他一踏進屋裡就察覺到微妙的氣氛。

「喔？這股尷尬的氣氛是怎麼回事？需要我出去嗎？」

G指著大門，B笑著說出參雜真心的玩笑話：「如果可以的話。」

此時，門鈴聲再次響起，這回抵達的是N。

最後D也抵達了，B的公寓瞬間充滿生機。B打開冰箱拿出生菜、五花肉、包肉醬、菇類和洋蔥，大家井然有序地走向陽台。陽台已經擺著露營用桌，攜帶式瓦斯卡式爐上面也擺著烤盤，在紅酒、燒酒及啤酒通通就位後，B很有活力地高喊：「大家坐吧。」

此時，G突然噴笑。

「但是，這到底要坐哪裡才算是有坐好啊？」

B尷尬地搔搔脖子：「有點窄對吧？我原先想說要營造露營的氣氛才準備的，沒想到陽台比我想像的還小。」

「大家擠在一起也很溫馨，不錯啊。」

A替B說話，G翹起嘴：「不是，兩位什麼時候變得這麼親近啊？算了，就這樣吧，大家坐。」

G一坐下，N也在他旁邊入座，對面則是D和A。B慶幸A的鄰座還是空的，他把五花肉放上烤盤。

「吃完五花肉就回去餐桌那邊吧，第二輪會帶給大家不同氣氛的。」

G認同B說的話，點了點頭，在他伸筷子要夾烤好的香腸時，N趕忙出聲制止：「啊等等，讓我先拍張照。」

G的筷子停留在半空中，嚥了嚥口水，其餘的人也都在等待N拍完多角度的照片。此時，A小心地詢問N：「可以吃了嗎？」

「可以，請用！」N做完她的任務，毫無誠意地回答完，又沉迷於手機世界。

連續三天的奇怪聚會，今天是陽台的五花肉派對！我也不知不覺上癮了！總之肉永遠都是對的！#五花肉，#露營，#陽台，#聚會，#上啊

「不過今天C大不來嗎？」

A才說完，B像在接力賽跑一樣接棒說：「對耶，A大還買了蛋糕耶。」

「哇，真不愧是我們A大，超有sense！」G豎起大拇指。

「我這幾天回顧了一下我的人生，感覺我真的得到了很多東西，所以現在開始，我想要先替他人用心付出。」

聽到A說的話，G露出真心讚嘆的表情。

「我這年過半百的人都沒能想到的事，二十幾歲的人居然想到了，真厲害。」

A尷尬地搖搖手：「我不是二十幾歲啦。」

此時G讀出B看著A的眼神，那個眼神裡藏著在看珍貴的人的心意。

「不過N大為什麼只顧著看手機啊？這種程度已經是成癮了吧？」

G才說完，N瞥了他一眼，大聲說：「少管別人閒事吧。」

「是是是，我知道了。」

G若無其事地放過N的無禮，接著看向D：「但今天D大怎麼這麼安靜啊？」

D沒有多說，在本人的酒杯填滿燒酒後，乾了一杯：「我是要來喝酒的。」

「剛剛你退出群組，大家都擔心你今天不會來呢。」B說。

「雖然我不清楚事情原委，但請N大跟D大道歉吧。」

N聽了G所說的話，目光從手機移開，嗤之以鼻地說：「Shut up！」

「N大，再怎麼說G大也是這裡最年長的，這種回應有點……」

A看著N小心翼翼地說，N垂著肩膀洩氣地嘆了口氣，接著從錢包拿出四張五萬元紙鈔，遞給D。

「用這個應該就足以表達歉意了吧？你昨天沒把錢帶走。」

D的表情瞬間猙獰，這次是拿起整瓶酒灌了。

「有些東西是沒辦法用金錢衡量價值的，感覺這是需要N大好好道歉的問題，我們又不是只有今天見面的關係。」

B用之前未曾出現過的堅決語氣對N說，N這才覺得有點害怕，她用非常小的聲音道歉：「把你的鋼筆弄壞是我的錯，對不起。」

因為意料之外的鄭重道歉讓大家都肅然了起來，A把重點放在「錯」這個字，N到底在隱藏什麼過去？搞不好N也只是受傷的柔弱動物而已吧？

今天的D比昨天理性許多：「我昨天回家冷靜想想覺得這反而是件好事，是也到了該忘掉的時候了，就算在物品強加意義又有什麼用？這又不會讓離開的人回來。」

D露出立刻就要哭的憂鬱表情，G趕緊轉移話題。

「因為我們是人，才會對地點跟物品有所執著、賦予意義。對了，C大今天真的不來嗎？」

「不知道耶，她剛剛只有已讀訊息，也沒有回報生存。」A有點擔心。

＊＊＊

C靜靜凝視著坐在梳妝台前的自己，鏡中的女人也在看著她。『不管是很久以前，或是幾年前，那些錯誤都不是我造成的。』C心想。是犯錯的人才需要道歉，她是有資格接受道歉的人。『我以後不會再欺騙我自己，也不會再逃避現實了。』

C下定決心，將無花果色的唇膏抹在嘴唇上。

C　我來晚了，現在出發，大概三十分鐘抵達。

「喔？C大說她要來耶！」率先確認群組的A輕快地說，大家都看了手機。

「那我們要準備驚喜派對嗎？」G看起來很躍躍欲試。

「好啊，一定很好玩！對了，我家有慶生帽，認真找可能還能找到生日掛飾喔。」

A聽到B這麼說感到相當意外，瞪大了雙眼。

「居然有生日掛飾嗎？」

「啊，該說是前女友的痕跡嗎？哈哈。」B尷尬地搔搔頭。

「所以說男人就是這點不行，這種東西就該立刻丟掉啊，真的無法理解為什麼要收著耶？」只顧著看手機的N抬起頭，沒好氣地說。

「對啊，我真的沒辦法理解，這到底是留戀還是粗心啊？」

A看著B冷冷地說，她突然覺得自己好像太直接了，聲音又漸漸轉小。

「抱歉是我太粗心了，但絕對不是留戀，我當時只是因為感激才珍藏起來的，但其實我早就忘記它的存在了，是因為說要替C大辦生日派對才想起來的。」B字字句句都在辯解，A推了一下B的手臂笑著說：「你可以不用解釋得這麼詳細。」

「啊，你們倆今天的氣流真的很奇怪！是青春男女見面的關係嗎？只有我覺得熱嗎？」

G在臉邊用手搧風，損了這兩個人。A為了不被發現自己突然漲紅的臉，趕緊拿著掛飾逃向沙發。

「掛飾就掛在沙發上面吧？」

A掂量了一下沙發上的空間和位置，腳步有點不穩，身體往後倒，見到此景的B像閃電一樣迅速跑過去，接住A的肩膀與背。

G哈哈大笑，半開玩笑地說：「哇，我剛還以為B大是百米選手。」

「我速度挺快的吧？」B也厚臉皮地回了一句。

「好了，大家動作快點喔，不然C大都要到了。」

N的口吻有著之前沒出現過的活力，G一臉意外地看著她。

「怎麼？很有趣啊，我這個人生實在沒什麼樂趣，真希望每天都有這種驚喜。」N聳聳肩。

「那Instagram的世界有趣嗎？」

G用相當真摯的口吻問道，N露出沉思的表情：「總比這裡好吧？」

「但話說回來，N大妳跟C大沒事嗎？」A一臉意外。

「哪還會有什麼事，我昨天對D大做錯事也是事實啊，C大的風格看起來可能比較偏向很愛假裝主持正義的那種吧，我是打算這樣想的。」

「但妳昨天被C大打了巴掌啊。」A一副自己的臉頰發熱似地皺著臉。

「也沒有這麼痛，這點程度的疼痛感也沒什麼大不了。」

此時，默默自己喝酒的D大起身收拾了陽台，其他四個人也結束客廳佈置，大家有條不紊地移動到陽台。在所有事情告一段落時，「叮咚」聲正好響起，沒有任何人出包，默契非常好。

A趕緊在蛋糕插上蠟燭，G點火，B用對講機確認是C便說了句「稍等一下」，N則是關掉客廳的燈，站在捧著蛋糕的A身後。D則是站得老遠看著大家。A向B使出一個準備好了的眼神，B點點頭按下開門鍵。

C一打開大門，眼前出現驚人光景。

「祝妳生日快樂，祝妳生日快樂，祝C大生日快樂。」

C一臉不知所措，連門都沒關，像一根釘子獨自釘在黑漆漆的原地。只有蠟燭像星星一樣發光，以及那些為她慶生的人們眼神散發的善良。C強忍住感覺立刻要噴出來的眼淚，接著聽到A的聲音：「燭淚要滴下來了，C大快點許願吹蠟燭！」

C好像剛從夢中醒來的孩子，她甩甩頭，把門帶上，走進屋內，暫時閉上眼睛，最後把蠟燭吹熄。G故意調皮地唱起：「幹嘛出生呢，為什麼要出生呢，長得這麼漂亮幹嘛出生呢」的歌，B打開客廳的燈，一群笑得燦爛的人站在C面前。

此時，A大膽地用右手食指沾了蛋糕上的奶油，抹在C的鼻子上，露出微笑說：「生日快樂。」

在一陣亂七八糟的慶生後，C露出不曉得是感激不盡還是不知所措的表情觀察著四周，B很快就讀出C慌張的內心。

「啊！我們剛剛在那邊的陽台開了五花肉派對，妳是因為這邊什麼都沒有，想說這些人到底在這裡幹嘛對吧？」

C這才笑了出來：「對啊，但我想我今天是來對了，老實說，我要出門之前還有點猶豫。」

「人生中出現要選擇去或不去的時候，當然是無條件選去！」

G拍拍C的肩膀，示意她做得很好，C覺得這樣的G真的十分成熟。

「好！既然今天全員到齊了，我們就用炸雞續攤吧。」B很有主人風範地明確整理好狀況。

「續攤要吃什麼由今日壽星C大決定吧，妳喜歡吃什麼？」A笑著問。

『要是我有這種姊姊該有多好啊？』C出現這種有點傻的想法後，又轉念想

『就當作是多了一個新姊姊吧。』

「我什麼都能吃，沒有特別不吃的。」

「但妳今天喝過海帶湯了嗎？」問出這句話的B手上已經拿著杯裝海帶湯泡麵。

「哇喔～B大！」

N豎起大拇指，B難為情地搔搔頭。G雙手握著手機，努力地輸入些什麼，很會察言觀色的A好奇地作勢靠近G：「G大這麼認真是在幹嘛啊？玩遊戲嗎？」

G好像瞞著媽媽偷看A片被抓包的青春期兒子，慌張地開始打嗝。大家看到這樣的G都哄堂大笑，氣氛非常歡樂。

有一種人是不管走到哪都會很受矚目，雖然想跟他親近但又難以靠近，還有著會誘發某種莫名忌妒心的特質。C就是擁有那種特別氛圍的人，而這種人身邊絕對會有那種想盡辦法要替他製造陰影處的一群人，A突然很好奇C的生活經歷。

「那我們要吃什麼？」A溫柔地看著C問道。

「啊……但我真的都可以。」

C一臉為難地笑了，N直搔頭，對此表示無法理解：「不好意思，我是真的不能理解。妳是真的沒有想吃的東西嗎？還是純粹體諒他人成習慣了，又或者是假裝善良？」

C的臉色雖然變得有點難看，但她也不想再跟N這樣尷尬下去，於是自己擺平了狀況：「兩種都不是，純粹是選擇障礙吧，N大妳來選吧。」

「真倒胃口。」N明明白白地說。

空氣中瞬間像被潑了一盆冷水，氣氛改變了，但身為當事人的C卻不為所動，她用不含任何情緒的眼神看向N：「是在哪個部分讓人倒胃口了，妳可以告訴我嗎？」

N對C這個泰然自若的態度感到生氣。

「就是現在這種態度啊。欸，通常聽到別人說自己倒胃口，不是應該要氣得跳腳，跟對方爭論你算老幾敢這樣講我嗎？為什麼突然假裝跟昨天不同人啊？」

「昨天是我對N大犯下大錯了，不管再怎麼生氣，我都不該動手的，我也反省了不少，我只是想說今天要多忍耐一點而已。」

N聽到C大的話，緊咬著下唇。N覺得自己有點奇怪，明明她平常也不太會生氣，也幾乎不太會感到悲傷或開心，是情緒非常穩定的人，但C卻老是觸動她內在的某種東西，也讓她覺得非常不自在。看不下去的G迅速決定了菜單：「那就點我想吃的東西吧！既然剛剛吃過陸地肉類了，這次去海裡游泳吧。」

「好耶，我們吃生魚片吧！」

A一附和，B光速打開外送民族APP給A看。

「喔？我可以吃水拌生魚片嗎？」

B理所當然地點點頭，同時也向C爭取同意。

「好，我也喜歡。」

「好的，既然得到壽星允許，那就點吧。」

N的臉色好像計畫失敗的人一樣急速暗沉，但又明亮起來。

「啊！那續攤就讓C大請客吧。」

「唉唷，這是慶祝場合幹嘛還要讓C大請客呢？壓力太大了，不要啦。」

不把A的防禦當一回事的N說明她的主張：「為什麼？既然接受大家的祝賀了，給點回報不也是人之常情嗎？」

聽到N的挑釁，C摸摸嘴唇，陷入沉思。

「我是可以請客啦，但這應該要我先提出才是，不是N大該出面的事情吧？」

「所以啊，妳是要請還是不請？」

N因為事情發展不如她的意，焦躁地咬著指甲發動攻擊。

「N大只顧著努力玩IG而已，對於社會生活和人際關係都好生疏呢。」

N被C的這番話戳中要害，漲紅著臉說：「C大憑什麼這樣隨便講我啊？」

「先沒有分寸的人是誰啊？」

「怎樣？又要打我一巴掌嗎？」

「我在心裡早就打一百次了，怎樣？」

「哈，我們沒有熟到講話可以這麼隨便吧？」

不管N和C的吵吵鬧鬧，D又慵懶地打了個哈欠，舉起酒杯。G豎起雙耳，聽著兩人的對話。

此時，A輕聲詢問B：「請問廁所在哪裡啊？」

B因為A這種細瑣問題也能感覺到心一沉的悸動，他擺出一副立刻要起身的架勢，A趕緊抓住他的手臂要他坐好，B才發現是他太誇張了，露出淺淺微笑又坐下來低聲說：「右邊那扇門。」

A悄悄起身要去廁所，G突然拍了餐桌幾下。這時大家的目光才看向他，G露出非常真摯的表情：「嗯哼，那邊那兩位，我們不是為了這樣才見面的吧？」

「煩死了。」N皺著眉頭。

「我看妳還是沒搞懂問題在哪啊？」C嗤之以鼻地接著嘀咕幾句：「算了，也要跟人才能溝通，跟這種不像樣的人是還想要什麼對話。」

N像是被按下不該按的按鈕，失控地站起來。

「喂！！！」

但C的表情沒有任何變化，她正面凝視著N：「想講什麼就講啊。」

N氣得全身發抖，甚至還結巴了：「妳……」

就在此時，沒有半個人來得及阻止，N抓住C的頭髮。

「啊啊啊！」

這時候尖叫的人不是C或N，而是A。偏偏這時候還停電了，屋內一片漆黑。

B為了讓A安心，起身走向廁所，在門外喊著：「A大，妳還好嗎？」

接著聽到A發抖地說：「不好，太恐怖了，怎麼會突然這樣？」

「啊，我手機在哪？」

就連原本保持冷靜的G都慌張地雙腳發抖，在餐桌上摸索手機。

「A大，我現在過去妳那邊，應該是停電了，廁所裡應該有蠟燭。」

B起身踢開地上的燒酒瓶，也因此出現一陣玻璃碎裂的聲音。A就像因為寒冷而發抖的雛鳥，蜷縮著身體，緊張地問：「剛、剛剛那是什麼聲音？」

「啊，A大，是我踢到燒酒瓶。」

持續在餐桌摸索的G終於找到手機，打開手電筒，抵著自己的下巴扮鬼。

「呵呵呵。」

N沒有鬆開抓住C頭髮的手，一臉心寒地看著G說：「真是夠了！」

就在此時，聽到幾次啪答聲後終於復電，燈也重新亮起，很快又恢復明亮。C和N這時才鬆開抓住對方頭髮的手，C先看到N的一頭亂髮忍不住笑了出來，笑到肚子痛還捧著肚子縮起身子的她甚至還笑出眼淚，回到座位的A看到大家的樣子也笑了。

「怎麼突然停電啊？又不是在演什麼喜劇。」

「兩位也別再拿這點小事吵架了，還真的是年輕人欸，還有力氣吵架。」

「就是說啊。」原本安靜的D也附和。

「兩位先暫時休戰，好嗎？」

雖然C點頭認同，但N卻是不滿地靜靜瞪著G。

「N大，妳再這樣看著我，我的臉會被妳看穿的。」

「還真記仇。」

C像在喃喃自語地說，A抓住C的手臂，使了個眼色。

「我們也吃得差不多了，要不要來玩個遊戲消化一下？」A想到一個好點子，笑著說。

「遊戲？」

「就是小時候去校外教學或迎新時都會玩的那個遊戲。」

「講到迎新我只會想到汽車旅館耶。」G瞇起眼睛，露出調皮的表情，B趕緊轉移話題：「好喔，我有疊疊樂！」

＊＊＊

在客廳坐下來的六人圍著桌子，明顯一臉緊張，微妙的空氣瀰漫四周。

「好，來抽吧。」

B用誇張的動作抽出疊疊樂積木，大家臉上都充滿期待。

「順時針輪流吧。」大家都點頭同意D說的話。

「那就由身為第一個字母的我開始吧？」

A撒嬌地說，然後抽出一根積木，表示疑惑：「喔？這上面有寫字耶？最近還有出這種疊疊樂啊？」

「怎麼了？上面寫什麼？」C把頭湊向A，代替對方唸出來：「初吻是什麼時候？」

C看著B，露出意味深長的笑容：「B大，你有什麼意圖？私心嗎？」

「什麼？啊，這是我逛超市覺得很神奇才買的，今天是第一次使用，不要誤會。」

「不是，這問題也太弱了吧？我還期待會是18禁耶。」

C一臉打趣地說，接著將目光轉移到A身上。

「那請妳回答吧。」

「初吻嗎？太久以前的事我記不得了。」

A試著打太極，接著是N出面：「不回答就要乾一杯喔，還是要找黑騎士？」

「十七歲，教會哥哥！」A連珠炮地說完，C打趣地說：「人喔，明明是要妳去做禮拜，結果都在談戀愛。」

「那這次輪到我了吧？」B話都還沒說完，就抽出一根積木，唸出上面的字。

「用隔壁的名字作三行詩。但我們不知道彼此的名字，要怎麼辦？」

B看著A，A聳聳肩。

「不是啊，B大，你不要這麼理所當然覺得要用A大名字作三行詩欸，那我呢？我不也是你隔壁的人嗎？」

G一臉受傷地把臉湊上前，B看都不看他就推開：「我比較想用A大的名字作三行詩。」

B相當真摯的態度讓A來回看著大家：「但只公開我的名字有種只有我損失的感覺耶。」

「A大不也知道我的名字嗎？」D一開口，大家都看向他。

「兩位本來就認識嗎？」B甚至還抖著腳，反應顯得焦躁。

「啊，沒有。」D迅速否認。

「我們不認識，只是D大在我工作的領域中曾經是個有名的人，是我先認出他的，但那是本名嗎？」
「過去式說明很令人傷心呢，那是我的筆名。」
D露出不悅的表情，A有點慌張：「啊，我不是那個意思。」
「我開玩笑的。」
看到D的笑容，A這才放下一顆驚慌的心。
「所以A大的名字是？」
「我叫楊恩秀。」
「楊恩秀。」B又復誦一次。
「那請妳幫我起頭吧，恩秀小姐。」
「什麼意思啊，也太油了，居然直接叫恩秀小姐！」
C又一副要捉弄的態勢，A想快點擺平這個要把她跟B湊對的氣氛，趕緊起頭。
「楊。」
「我賭上良心說。」
「恩。」

「太喜歡了，不知道該如何是好。」

「秀。」

「請經常來把我這顆噗通的心臟修理好吧。」

「真是夠了！什麼意思啊，好噁心！」C尖叫。

「B大，你要這樣搞會很麻煩喔，請你遵守界線。」G堅決地說。

「是！我會自重的！」

「接下來輪到我了吧？我抽嘍？」

G交握雙手，動著手指暖身，小心翼翼用右手食指和拇指抽出一根積木，上頭寫著「最近一次哭的記憶？」。

「我最近什麼時候哭過啊？但會有人好奇我什麼時候哭嗎？不會吧。」

「一點也不好奇，就直接乾一杯吧。」N玩笑道。

「這樣又會因為太傷心想講耶，我幾天前在看電影的時候，覺得劇情跟我的處境一樣就很入戲，所以就痛哭了一場，真的痛哭。」

「我根本就不好奇，你硬要講根本是犯規！」N氣呼呼地說。

「輪到我了吧？」

D話語一落，就已經抽出一根積木，並且迅速喊了「1」，接著依序是C喊2、G喊3、N喊4、B喊5。A一臉疑惑地來回看著大家，D這才把他抽出的積木拿給A看：「察言觀色遊戲，開始。」

A清楚唸出每個字，然後也沒人多講什麼，她逕自趴在餐桌上。

「啊，A大也太好笑了吧，我們的處罰是拍背嗎？」

N打趣地說，A以趴姿點點頭。接著大家同時喊出印第安飯，打了A的後背，B則是輕拍了A的肩膀幾下。

「輪到我了吧？」N依序折起十根手指頭，活動關節，用右手拇指和食指做出夾子狀，抽出一根積木，唸出句子。

「覺得現場最不怎樣的人?當然是C大。」

「這麼巧，我也覺得N大最不怎樣了，要不要跟我擊個掌？」

C邊諷刺邊抽出一根積木，N癟著嘴，視線轉回手機。

「嗯，我抽到的積木是要說一個秘密，但我好像也沒什麼可以說的。」

C的瞳孔就像失去方向般地顫動。

「唉唷，這世界上哪有人沒有秘密？」B催促著C。

C咬著指甲，轉動著眼珠子。「還是不要講好了」跟「好想說」這兩個截然相反的意見在腦中衝突，不斷用手指捲著頭髮的C最後投降地停止動作。

「秘密……」

C停頓許久，所有人的注意力都放到她身上。C咬了一口嘴唇，拿起眼前的燒酒杯一口乾了。

「我可以講比較黑暗的故事嗎？」

B從C看向自己的眼神讀出救贖的訊號，他湧上一股本能的害怕，心想著是不是他搗錯了蜂巢，但也已經來不及後悔，C已開始娓娓道來。

「其實我在國中遭受過校園暴力，雖然不是直接被誰打，但我被排擠了。」與C說話的速度截然相反，她好像自己是那個犯錯的人一樣緩緩低頭，大嘆了一口氣。

那個當下，所有人都無法輕易做出這種時候應該做出什麼反應才妥當的判斷，沉默就像塵埃一樣在他們之間浮游。C因為大家都沒有反應而焦心，她覺得心臟就快跳出來了，心想著自己是不是白講了？是不是別讓人知道她的這種過往比較好？但她的嘴巴跟內心想法無關，自顧自地繼續說：「如大家所見，我算是長得比較漂亮的人，所以朋友都很忌妒我，還會無中生有一些奇怪的傳聞。做人也該有點限度耶，長太漂亮的人生也是很辛苦。」

C試著隱藏當時的痛苦，露出燦爛笑容，G也露出淺笑，溫柔地說：「妳當時肯定很辛苦，那時候的心情怎麼樣呢？」

聽了G說的話，C這才意識到她費勁嚴守的剛強內心堤防，終究還是崩塌了。或許是她那崩潰過一次就絕對無法挽回的心情使然，C正在發抖。

「這世界只剩下我一個人的感覺。因為非常害怕，才會沒有任何辯解與澄清，每天躲在房間裡哭。」

C眼前的世界突然變得模糊，情緒湧上的她無法繼續說下去。

「但至少妳現在也成長得很帥氣又很堅強了，妳很棒。」G希望這番話可以安慰到對方，每一句話都特別用力且堅定地說。

「放假時跟我媽說了這件事之後，我就轉學了，也有去諮商，這給了我很大幫助。原來不是我的錯，原來壞的人是那些人。」

說完這句話的C直勾勾地看著N，那股眼神不曉得是希望對方明白些什麼的哀求，還是埋怨，又或者是死心，總之參雜著無法用一個詞彙濃縮的複雜。但N好像對這一切都漠不關心，只顧著專心瀏覽她的社群。G很快發現了這點，伸長手臂拍了N的背兩下，N這才抬頭看向C。C保持著跟方才一樣的姿勢，凝視著N。N對這股視線備感壓力，也覺得厭煩，她只想快點擺脫這個狀況。

「為什麼要這樣看我？」N的眉頭深鎖。

「妳沒有話想跟我說嗎？」

「沒有耶，我只要專心做一件事就不太能聽見其他聲音。」

「香美國中二年六班金汝珍。」

「喔？妳怎麼知道我的名字？妳還背地調查我嗎？而且妳到底為什麼一直跟我講半語啊？」

「當時的妳不就是那樣嗎？無中生有，捏造傳聞的人就是妳啊。」

「妳到底在說什麼！」

N生氣地用大拇指搓揉著緊繃抽痛的太陽穴，現場就像凍了整個冬天的江水冰面，卻因為某個人的腳步被踩碎。所有人都不敢吭聲，連大氣都不敢喘一口，受不了這股靜默的N垂著肩膀大吼：「不是啊，所以妳現在講這個是想怎樣？到底為什麼要這樣對我啊？」

對N的反應最感到慌張的人是C，但話已說出口，她也退無可退。

「妳真的不記得我了？」

「我不記得。」N迴避對方眼神。

「所以大家才說就算被打的人記得，打人的人不會記得啊。」C一臉虛脫，嗤之以鼻地說。

「煩死人了，我本來就已經因為惡評很煩了，拿這種十年前的事出來講，到底想怎樣啊！」

「給我道歉。」C怒瞪著N。

「那個……兩位。」G雙手向下壓，試圖要她們冷靜：「人類本來就是不成熟的存在，我們每個人都可能在人生中犯下失誤嘛。」

「失誤？你覺得校園暴力是可以這麼簡單帶過的事嗎？」

「啊，不是啦，我不是這個意思。」

「好像老古板喔，老師。」N冷嘲熱諷地說。

「但N大為什麼一直叫G大老師啊？」

N看著半空聳肩，G只能傻笑著說：「可能是因為我在這裡年紀最長，長得也最像老師吧。」

「請你道歉。」語氣堅決的發話者是A。

「雖然你可能會覺得這很老氣橫秋，但我也說句話吧。即使是本人根本沒印象的事，但對方如果因為這件事感到痛苦，那道歉是應該的。」

N聽到A說的話，閉上雙眼，深吸了一口氣又吐出來。

「我什麼都不記得了，既然都搞不清楚是不是我做的事情了，那我為什麼要道歉？」N的嘴唇在顫抖。

「當然，記憶可能扭曲，也可能不夠精準。」A的聲音比剛剛更小聲了。

「也可能被放大或變造啊，我可沒有度過走這種歪路的學生時期。」N的態度比任何時候都堅決。

「N大的記憶也不一定準確啊。」A牽住C正在發抖的手，代替她更用力地說。

「不是，A大妳憑什麼一直插嘴啊？」N一起身，大家都注視著她：「為什麼你們每個人都要針對我啊？我最近本來就已經煩到頭快炸掉了，是覺得我很好欺負嗎？」

N就這麼打開了對面房間的門，砰地一聲關上。

「看來今天應該是沒辦法得到對方的道歉了。」

C一臉僵硬，拿起她的包包也站起來。

「妳要走了嗎？」

A站起來抓住C的肩膀，她點點頭，無力地走向玄關，又突然停下腳步。左耳突然傳來一陣刺耳的耳鳴聲，C聽不到A擔心地看著自己，詢問狀況的聲音。過了幾秒鐘，聲音減弱後，C才用力地甩門離開。

＊＊＊

A走向陽台，打開窗戶，天空落下幾滴雨水，多虧氣味分子的活躍，外頭涼快也帶點腥味的草味撫過全身。她長嘆一口氣，吐出白煙又散去。雨水落在A的臉頰，她陷入自己可能也會變成一顆大水滴的想像。她討厭自己像個海綿，會把他人的傷口搞得好像是自己的傷口一樣吸收進來。她甩甩頭後低下頭，碰巧看到樓下剛好路過的C就像摩比人公仔一樣，看起來小小的。

『這麼渺小的我們所擁有的過去到底有多微小，但為什麼我、我們……』

A想到此，突然意識到C根本沒撐雨傘，原封不動地淋著這場雨。A緊閉著眼睛，對他人喪氣垂下的肩膀感到憐憫，到底是對她自己的情緒，還是對C的情緒，讓她相當混淆。除了雨聲以外什麼都聽不見的夜晚寂寥裡，有個脆弱的人正在漫步。不知不覺，B也來到A旁邊，憂心地看著她：「妳在想什麼，想得這麼入神？」

「啊，我只是覺得很悶。」

A能感覺得到B的全身細胞都打開且專注於她，這也讓她放下心，「好人」。可能也是因為這樣，A才更能侃侃而談自己的事。

「我偶爾會想，造成他人傷害的人，要是知道對方會因為這樣受傷，還會說出那些話、做出那些行為嗎？」A凝望著B想向他尋求答案。

B也想過這類問題，點點頭：「就是說啊。」

「明明也不是我的事，但好像跟我的傷口重疊在一起了。」

「這是因為妳的共情能力很強，有些人看電視劇都會跟著主角一起哭，A大妳應該也是那種類型吧？」

A因為B說的話笑了。

「對，完全就是我。我光看到別人在哭就會很想流淚。不過好神奇喔，我常常把一些也不用特地講出來的事情講給B大聽呢。」

＊＊＊

叩叩叩，雖然外頭有人敲門，但裡面就像一扇緊閉的門，沒有任何動靜。N的心裡也上了門閂嗎？G無從知曉，他只能坐在門前，再敲一次門。A和B在陽台聊天，背影看起來很親密；D感覺今天要把這裡所有的酒喝光，以非常戰鬥型的氣勢把自己泡在酒裡面。至於他自己只能再叫一聲「汝珍啊」，等待對方的反應。

隨著等待時間拉長，G的情緒也從焦急變質為不安。雖然他試著轉動門把，但果不其然是上鎖的。雖然他實在不想做到這步，但又覺得只剩嚇唬一途了，於是G刻意大聲喊：「妳現在不開門的話，我就只能強制打開了，這樣會比較好嗎？」

G豪氣地喊完，接著把耳朵湊上房門。雖然因為房門突然打開，他差點就要整個人摔到門上撞到頭，但萬幸的是至少對方開門了。他「呼」了一聲，放心地嘆了一口氣，接著露出微笑。

汝珍看到G醜姿摔倒的樣子，冷笑著撇過頭，G把門關上，和她面對面坐下。

「為什麼要笑？讓人心情好差。」

「不要這樣瞄我，妳變成鰈魚眼了。」

「老掉牙。」

「妳再怎麼攻擊我，我也不會有反應的。」G笑呵呵地說。

「不是啊，老師，是我很奇怪嗎？拿這種幾百年前的事情要我道歉，她幹嘛把人生活得這麼辛苦啊？」

「因為每個人都不會跟我們自己一樣。」

「你肯定很舒服吧，可以理解所有人的心情。」汝珍諷刺地說。

「我也沒辦法理解所有人。」

「可惡，煩死了。」

汝珍雖然跺腳生氣，但G也不知道在開心什麼，還是笑嘻嘻地。

「你覺得這個狀況有趣嗎？」

「對啊，我們都看到汝珍生氣了，還有比這更大的收穫嗎？」

「不要講那什麼該死的『我們』，我跟老師為什麼算我們啊？」
「這樣講我就有點傷心嘍。」G癟著嘴。
「不會是為了這樣才創群組的吧？」
「胡說什麼，群組是電視台說要創的。」
「但不是你提的意見嗎？」
「我？才不是，雖然我也因為這個群組，才開始覺得生活有樂趣。」
「呼……」
「不管是妳或我都過著孤獨的人生，能這樣吵吵鬧鬧地生活，不覺得也別有一番樂趣嗎？」
「意義這種東西還是給狗吃吧，總覺得我只要見到這些人好像一直在生氣。」
「這就是意義啊，居然能讓這輩子都不知道怎麼生氣的金汝珍生氣，表示這真的是個很偉大的聚會。」G又停了一拍續道：「人就該向外表達，不然那些出不來的話語會在體內化膿的。」
「我才沒有任何問題，為什麼要一直把我當成怪人啊？」
汝珍起身，氣呼呼地在房裡徘徊踱步，然後好像發現什麼東西停下腳步。在房間不起眼的一角，擺了一個巨大的箱子。
「老師，這會是什麼呢？」
汝珍的雙眼發亮，雙頰泛紅地指著箱子。蒙上一層灰塵的箱子被丟在這個看起來已經好一段時間沒有使用的房間裡，顯然是比這個房間更被放置的那種等級。
「B大看起來挺愛乾淨的耶，這還真意外，但亂動別人的東西太沒禮貌了，我們出去吧，汝珍。」
汝珍瞪大眼睛：「這又不會是什麼潘朵拉的盒子，就開一次看看嘛，我負責。」
話才剛講完，汝珍已經打開箱蓋，同時被揚起的灰塵嗆得打了噴嚏，接著皺起臉抱怨不滿：「我對灰塵過敏耶，哈啾！」
G代替汝珍拿出箱子裡的物品，驚人的是，箱內的東西是婚紗照、婚戒、情侶睡衣等。G驚訝地張大嘴，又把東西一一放回去，把箱子物歸原處。
這時候才停止打噴嚏的汝珍好像在講什麼天大的秘密，竊竊私語地跟G說：「B大該不會是離婚了吧？」
「這就不得而知了，但在他主動說之前，我們還是先假裝不知道吧。」汝珍點點頭。

「你不覺得這裡的人好像都有一點怪怪的嗎？」

「搞不好我們才是最奇怪的啊。」G大笑著說。

「我是真的不記得C大了。」

「這是我個人意見，妳先不要激動聽我說，每個人都可能會遺忘某些各自想要整段忘掉的時期。」

「但我沒有蠢到這種地步啊，為什麼要一直把我變成怪人？」

「不是妳很奇怪，而是人類本來就不完整，我們每個人都各自有一兩個奇怪的角落。」

「確實，老師你是真的很怪。」汝珍可能是覺得燥熱，伸手在臉邊搧風。

「總之我今天很開心，這是妳第一次分享妳的情緒。」

「反正我看那女人很不順眼，她真的很倒胃口。我也討厭她這麼冷靜又清楚表達她想講的話，抓著我根本不記得的國中時期事件追打也很讓人生氣。」

「汝珍，我們從客觀角度來看，妳確實有些時候過度敏感了。」

G小心翼翼地用低頻語調說，汝珍好像被一根針扎了指尖般的疼痛。

「其他人都不會特別在意的行為，妳卻覺得特別在意跟不順眼的話，那是不是有什麼理由呢？我們內心深處都知道真相的。」

汝珍有好一段時間都沒回話，她好像第一次看到自己的手一樣，摸著每根手指，嘴巴抽動了一下又緊緊閉上。

「妳有什麼話想說嗎？如果現在不想說也沒關係，但妳要記得兩件事，我一直都做好聆聽的準備，而且要是妳願意傾吐出來，妳也會痛快很多的。」

N動個不停的手這才停了下來。

「我有一個跟我連年生的姊姊，她有點生病，明明我才是妹妹，但待遇卻是相反的。我從出生那一刻開始就沒有得到任何人的關心，永遠都被擺在後面的順位。不管是什麼都必須讓步，必須忍耐，但總是只有我被罵。」

說到這裡，汝珍哽咽地說不下去。

「但姊姊卻突然在某一天不見了。」

說出不曾對任何人說出口的那天，就連記憶也鮮活了起來。

＊＊＊

「煩死了，我覺得恩澤好像對別人有興趣。」

媽媽專心洗碗，沒有任何回應。

「媽！妳有在聽我說話嗎？」汝珍一副要拿媽媽出氣似地神經質大吼。

「幹嘛連妳也這樣子？」媽媽轉身瞄了一眼汝珍，一副要她別拿這點小事生氣的樣子，又轉回去認真洗碗。

汝珍看著媽媽的背影才意識到，原來媽媽真的對她半點興趣都沒有。不曉得媽媽到底懂不懂汝珍的心情，她自顧自地說起自己的事：「汝恩今天在學校應該沒什麼事吧？」媽媽大嘆了口氣，脫掉橡膠手套。

此時的汝珍腦中閃過不該有的想法，她真希望姊姊就此消失，她寧願沒有這種姊姊。

「汝珍，去接姊姊回來洗澡，一起在這邊吃點心玩耍吧。」媽媽手指之處擺著天桃和蒸馬鈴薯。

「媽，妳要去哪？我不要去接姊姊，妳幹嘛把妳要做的事推給我！」汝珍瞪著雙眼，語帶尖銳地說。

「媽媽的朋友，珠希阿姨，你知道她吧？珠希阿姨的媽媽過世了，爸爸說他今天會早點下班，請妳幫忙到那時候吧，女兒。」

媽媽拍拍汝珍的肩膀，進房換上全黑的衣服，就頭也不回地出門了。

雖然汝珍外表看起來比任何人獨立且可靠，但她內心早已戳出密密麻麻的孔洞不斷漏風，卻沒有人察覺這一點。

汝珍對著已經出門的媽媽大吼：「我才不要照媽媽的意思做！」

但跟豪氣喊出的這句話不同，汝珍的腳步還是朝著姊姊汝恩的學校前進。姊姊一看到汝珍就跑來擁抱她，明明也才分開半天而已，汝珍實在不懂到底有什麼好開心的。姊姊跟木訥的自己不同，情感表達十分豐富，她總是很羨慕姊姊可以自由表現自我，也會被接納。雖然她偶爾會因為表達得稍嫌劇烈而讓其他人誤會，甚至會讓汝珍也陷入麻煩，但姊姊很快就又忘記這些事。每次記得對方長相，進而閃躲跟覺得難為情的人都是汝珍。

「今天怎麼是我們家老么來接我啊？」

「媽媽說她得去見珠希阿姨。」

姊姊因為汝珍來接自己而開心地笑呵呵，也沒有再多問下去。汝珍雖然對汝恩這不變的愛感到沉重的壓力，但她也很清楚她是無法擺脫這份愛的。

「汝珍，我們去吃甜甜圈吧，妳有錢吧？」

姊姊模糊的發音在那天更讓汝珍覺得討厭：「不行，媽媽說要回家吃蒸馬鈴薯跟天桃。」

雖然汝珍態度堅決，但汝恩還是靠著腕力拉她去甜甜圈店。雖然用了媽媽的卡刷了半盒原味糖霜甜甜圈，但媽媽也沒有任何聯繫。狼吞虎嚥的汝恩已經在吃第五顆甜甜圈，嘴邊沾到糖霜是還能忍受，但吃到連額頭也沾到白粉到底是怎樣？還要把那黏糊糊的糖霜抹在自己的衣服更是讓汝珍忍無可忍。雖然她發怒說了好幾次不要這樣做，但汝恩依然只會看著她露出開朗笑容，這也讓她更加生氣。

回到家，汝珍看著汝恩洗完澡，她坐在沙發上，一股把整天能量都耗盡的疲憊感席捲而來，應該專心於課業的國中二年級卻為了照顧姊姊把時間花光了，汝珍心中有股怒火在熊熊燃燒，但不管體內怎樣嘈雜，她的眼皮還是沉甸甸地闔上了。

「汝珍。」

搖醒她的人是爸爸，周遭已經暗了下來，這才發現自己竟然睡了兩小時的汝珍嚇得趕緊坐起來。

「妳很累吧？我們家小寶貝，但姊姊呢？」

「姊姊？」

爸爸才看到還沒完全清醒過來，反問這句話的汝珍表情，就立刻衝向門口。

去了葬禮的媽媽趕著回來，連同爺爺奶奶、叔叔阿姨，動員全家大小在社區裡找汝恩的那天，汝珍直挺挺地坐在沙發上，將腦中的時鐘發條轉回幾個小時前。『是我剛剛沒把大門關好嗎？是我沒聽到關門的聲音嗎？』所有思緒混雜在一起，十分混亂。會不會是汝珍太氣獨吞了五顆甜甜圈的姊姊，才故意沒把門關好？還是姊姊發現了她內心希望姊姊就此消失的盼望，就真的消失了？在這種緊急狀況下，汝珍還在想著要是姊姊真的人間蒸發，那爸媽會把所有的愛跟關心給她嗎？不對，如果姊姊出了什麼差錯，那所有罪都會怪在她身上，她的處境會比現在更差，甚至還得抱著罪惡感活下去吧。

在各種混亂下，不曉得到底過了幾個小時，所有人都回來了。媽媽一進門，連鞋子都沒脫就癱坐在地，姊姊則是若無其事地坐在媽媽身邊，倚靠著她。全家人都沒有對汝珍說什麼，沒有生氣、沒有追問，也沒有警告她。但對汝珍而言，那天卻留下了創傷，汝珍把「是我的錯」烙印在自己的額頭上，甚至覺得在媽媽心中，她連老么的資格都被剝奪了，這個家裡已經再也沒有她的立足之地。

二十歲那一年，姊姊因為急性心肌梗塞離世了。汝珍不知道她所看到的媽媽究竟有多少是真實的，但媽媽看起來很輕鬆。也是直到這時候，媽媽才終於注意到她，注意到這個小女兒了。

那天姊姊跟汝珍回家時，一直對於在面前徘徊的蝴蝶掛心。姊姊很想去看蝴蝶，雖然她試圖叫醒正在睡覺的汝珍，但不管怎麼搖晃和呼喚，汝珍都沒有起來。於是姊姊去看了大門門鎖，發現門鎖跟平常不一樣，是微微開著的，姊姊就好像被迷惑一樣，為了找蝴蝶出門了。但蝴蝶當然早就不在那裡了，而姊姊也不知道自己該何去何從，就在這座城市裡不斷徘徊。手機也在途中因為沒電而中斷了追蹤定位。直到凌晨都在街道徘徊的汝恩被防盜巡邏隊帶回，並打電話給項鍊上的電話號碼聯絡到家人，汝恩這不算離家出走的離家出走在十二小時後才回到家裡，狀況終結。汝珍是在很久之後才聽說這件事的，當時的她也沒辦法向任何人分享這件事以及她當下的心情，因為肇因者就是她自己。

那天汝珍所感受的恐懼與焦慮，跟父母所感受到的情緒相比絕對不算小，而十五歲的她得自己承受這一切。

* * *

「當時的我也還很小，不記得到底什麼是真、什麼是假了。」

G把身體往前靠，聽著汝珍分享的故事。原本淡漠的汝珍眼裡開始匯積淚水，終究滴答落下。

「沒錯，因為我沒地方安放我的心情，所以才對朋友很執著，但事情又不如我的意，後來就只專心在課業上了。」汝珍長嘆一口氣後續道：「C大的記憶可能是對的，因為那是我想遺忘的時期，所以我把大部分的記憶都刪掉了，但還是可以依稀想起一些，例如曾經喜歡過一個男生、跟朋友們成群結隊行動、想拿別人發洩解氣的事。」汝珍講到這裡，肩膀又垂了下來。

「因為姊姊生病了，因為我是乖女兒，因為我愛媽媽，我可能是太盲目地糾結著這些話吧。」

「感覺妳應該很痛苦。」

「現在回頭想想，這可能是最近常說的煤氣燈效應吧。」

「我想妳媽媽應該沒有那種意圖的。」

「我知道啊，媽媽也是因為很辛苦，才會需要一個能幫助自己的輔助角色。」

「那妳現在跟父母的關係怎麼樣？」

「姊姊過世之後，我光是要跟他們在同個空間呼吸都覺得痛苦。」

「那是什麼東西讓妳這麼痛苦呢？」

「我覺得她很偽善，但又覺得對媽媽有這種感覺的自己好像壞人……」

「父母也只是人類而已，怎麼可能完美呢？妳不用把妳對不完美的人所抱持的情緒跟罪惡感連結。」

「總不能一直被悲傷籠罩著，活著的人還是要繼續活下去嘛，但之前一直在犧牲奉獻的媽媽，自從開始打高爾夫球後變得很開朗，這一切都讓我很難適應，原來我媽是這樣的人嗎？原來她是個可以笑得這麼開心的人嗎？但我從來沒有期待我媽變得不幸，只是覺得媽媽以前全心全意只在乎姊姊，總會拿姊姊當藉口，不曾給過我一絲溫暖的眼神，但現在姊姊消失了，她還能這麼幸福嗎？會不會在等著姊姊消失的人其實不是我，而是媽媽呢？」

「每個人都有雙面，不對，應該說多面性才是。對某一個對象有超過兩種以上的情緒也不是沒有道理。」

「就我來說，我是在離開原生家庭後反而才找回平靜。搬出家，一邊上學一邊經營IG，成了網紅，現在才總算能比較舒服呼吸了。」

「我從之前就很想問，妳左手腕的刺青數字有什麼意義嗎？」

「是我把姊姊弄丟的那天，感覺就算能把其他事情忘掉，唯獨這件事不能忘記。」

「妳沒必要用這種方式處罰自己。」G心疼地看著N。

「我可能是不能隨便出生的那種人吧。」

「誰說的啊，沒有任何一個人是不珍貴的，大家只是都很脆弱而已，也是因為這樣才會互相傷害。」N低下頭。

「那天在休息區，妳是換氣過度嗎？」

「我太久沒有這種不是工作的私人見面了，我可能比自己想像中更緊張吧。」

「妳完全沒跟任何人有私下見面嗎？」G小心翼翼地問。

「如你所知，沒有，現在這個群組就是全部了。跟別人親密相處會讓我感到尷尬，有種看到人的雙面性會噁心的感覺。對於那種拿著雞毛蒜皮的小事大做文章，甚至想讓世界出局的人更是如此。」

「感覺在IG上的妳應該是超級溫柔的人吧。」

「到頭來，IG也跟虛擬世界差不多吧，只要出名一次就很容易被人仰慕，雖然墜落神壇也是一瞬間的事。但在那個地方我可以變得看起來非常親切，很帥氣，而不會是落魄悽慘的我。只要讓大家看到對每個人都很溫柔，隨時都很漂亮的我，大家就會為我喝采。」

「不會覺得空虛嗎？」

汝珍露出認真思考的表情，然後微笑：「網紅的生活沒這麼閒啦。」

此時，突然傳來一陣敲門聲。

「是。」G朝著門外喊聲，B微微打開房門探頭問。

「兩位……聊得差不多了嗎？」

＊＊＊

G明顯感受到客廳的氣氛有點微妙的不同，但這並非只是有一個人的介入，而是透過N的故事也讓自己的傷口被治癒了。N也同樣有著這樣的感受，她只不過是把這段時間以來沒能跟任何人說出口的話說出來，卻好像把在體內堆滿的灰塵一掃而空般的輕鬆。

G走到陽台窗邊，把它關上。

「還想說怎麼這麼涼快，原來是窗戶開著啊。」

「對啊，因為太悶了，我開窗換氣了一下。」A說。

「C大直接走了對嗎？」

G看著下方的遊樂場問，A點點頭。

「但是不是下過雨啊？」

「對，原本只是滴答滴答而已，後來下滿大的。」

「啊……」

G好像是好奇C有沒有淋到那場雨，看向了A。

「C淋著雨直接離開了，也不知道是因為誰。」

A冷靜地說著這句話，眼神沒有從N身上移開。

＊＊＊

雖然自己表現得像個怒火中燒的人從B家離開，但C的心情不算太差，至少她把想講的話都說完了。雖然沒有得到對方的道歉，但她還是把十年前，甚至是稍早之前說不出口的話通通說出來了。

C懷著輕鬆釋然的心情踏出公寓大門，天上卻開始掉下濕濕的東西。她抬頭發現A在陽台對著自己揮手，於是她也揮手回應。又走了幾步，雨勢突然變大，「雷，陣，雨。」C發出聲音唸出這三個字，然後她接受這場猛烈雨勢，慢慢地，用非常慢的速度走著。

此時突然颳起一陣風，乘風飛來的黑色塑膠袋就這樣蓋住C的臉。正當C趕緊伸手撥開塑膠袋，機車的前照燈在她眼前閃個不停。巴拉巴拉巴拉巴，伴隨著好像在老電視裡才會出現的警笛聲，機車濺起一大片泥水，驚險萬分地跟C擦身而過。正當C鬆了口氣，還在慶幸自己很幸運有順利躲開，才發現自己大錯特錯，剛剛那個蓋在臉上的黑色塑膠袋跟C那雙磨到快破的運動鞋後方有了接觸，並展開絕妙合作，在沒有任何抵抗與摩擦力的狀況下，讓C絲滑地以飛快速度滑倒。在C的身體漂浮半空的當下，她心想：『啊，人生還真是虛無，早知道會這樣死掉，我就不要對這個世界這麼親切了，白當了個善良的人。』但多虧生命的習性頑強，C只有閃到腰而已。

C在當下會環顧四周的第一個原因，是因為丟臉，第二個原因是真的太痛了，即便丟臉也還是希望有任何人能幫忙。但周遭卻像不容許半點燈光般的黑暗，也沒有半個人影經過。C更加感受到只有自己一個人獨處的悲傷：『既然都這樣了，打電話叫119合適嗎？這會不會對其他比我更危急的某個人很抱歉？不對，剛剛才在後悔不要活得這麼善良欸？人還真是不會改變的動物啊。還是打電話給媽媽好了。』C想到此又突然搖頭，她現在當務之急是要想辦法站起來。

這場雨無情地持續下著，C的內心反而比她的衣服更加濕透。

＊＊＊

「大家回家路上小心，謝謝大家今天受邀過來。」

B站在公寓大門口，鄭重向大家道別。

「吃得很好，也玩得很開心。」G笑了。

「我這兩天都給大家添麻煩了，紀錄片首播那天會變得比較不一樣的，到時候再見。」N用跟之前判若兩人的語氣說。

「那我也先告辭了。」D沒辦法站直，搖搖晃晃地跟大家道別，才往前走幾步，B趕緊跑上前攙扶D。

「今天在我家睡也沒關係的。」

「不不不，明天是星期一，我可不能給上班族添這麼大的麻煩啊。」D露出白牙，笑呵呵地說。

「真的沒關係嗎？我幫你叫車。」

D搖搖頭，鄭重拒絕：「從這邊走回家很快就到了，當成醒酒走一下就行了。」

D甩開B離開，G對著D的背影大喊：「到家記得傳生存訊息喔。」

D舉起右手比了OK，接著左右搖晃那隻手。

顧著看手機的N因為Kakao Taxi抵達而跑到大馬路上，G表示他們同個方向，也跟上N一起離開了，於是現場就只剩下A和B。一股莫名的尷尬圍繞在兩人之間，看著其他地方的A先開了口。

「那我也先走了。」

B不自覺地抓住了A的手臂。

「啊，那個……我有買昨天弄掉的冰淇淋，我馬上拿下來，在這邊等我一下。」他也不聽A的回答，逕自跑進公寓裡。

A一下看著手機，一下又看著公寓大門，也伸腳踢踢積水，等著B回來。電梯門打開，終於現身的B一迎上A的眼神就露出燦爛笑容，A也跟著笑了。B的手上拿著兩支冰淇淋甜筒，左手腕還纏著一條毯子。

「要不要去那邊坐一下？」B指著鞦韆形狀的長椅。

兩人各自咬著冰淇淋，用腳推著鞦韆，看起來就像十幾歲的青少年一樣青澀。烏雲飛快飄動著，附近的老樹也散發出濃郁的芬多精。

B抬頭看著天空說：「看起來好像還要再下點雨吧。」

A也跟著B抬頭看向天空：「總覺得有點涼涼的。」

「怕妳會覺得冷，所以我帶了它下來。」

B拿起一旁的毯子，伸直右手將毯子覆在A的背上，A也不自覺地蜷縮起身子。

「恩秀小姐，妳覺得這個聚會怎麼樣？」

「唉，我也不知道，一方面覺得很好，但C大跟N大有摩擦的時候又覺得很膽顫心驚。」

「我覺得她們倆是因為太相像了才會這麼容易吵架。」

「是這樣嗎？」

「我的想法應該是對的喔，她們倆年紀也一樣，如果能找到可以互相理解的某個點，就能成為最要好的關係。」

「其實一開始接到紀錄片邀請時我也沒多想什麼，但最近想法變多了。」

「例如什麼樣的想法？」

「我們六個人會這樣聚在一起，應該有什麼理由吧？我覺得世界上發生的事情，沒有任何一件是平白無故的。」

「這我也同意，對了，我名字叫池宣皓。」

「池宣皓，真帥氣的名字。」接著是短暫的沉默。

「妳不是掉在地上的冰淇淋的那種存在，我是真的想跟妳說這句話。」

恩秀聽到宣皓的這句話，原本踩踏著地的腳停了下來，恩秀看著他露出笑容：

「謝謝你，宣皓先生，你真的好親切。」

宣皓的臉上閃過一絲慌張，他期待的並不是這樣的反應，於是他突然起身，站在恩秀面前。恩秀對於宣皓的突發行為感到驚訝，也停下原本擺動的鞦韆，兩人靜靜地看著彼此。

一、二、三，男女陷入愛情的魔法只要三秒。

「我好像喜歡上恩秀小姐了。」

態度相當真摯的宣皓讓恩秀噗哧笑了出來。

「不是，為什麼要笑啊？」

宣皓抱怨道，恩秀笑得更大聲了，甚至還笑到身體往後倒，差點就要從鞦韆摔下來，還是宣皓扶住了她。恩秀在鞦韆上坐好，慢慢停止大笑。

「我好久沒覺得這麼搞笑，還笑出眼淚了。」

「我的告白有這麼好笑嗎？」宣皓氣呼呼地說，A用力搖頭否認。

「不是，只是想說原來還真是什麼事情都會發生在我身上。」

「這句話更讓人心情不好耶。」

「不不不，你別誤會。」

恩秀伸出右手抓住宣皓的左手腕，宣皓甩掉了那隻手：「既然沒有那個意思，就不要隨便抓人了。」宣皓後退一步，用全身表現出他是真的生氣了。

「唉唷，你幹嘛這樣啦。」

「我也不知道我為什麼會這樣，從正東津回來之後就會一直想到妳，我也不曉得該怎麼承受這份感情，所以妳負責吧。」

「這好像是我十幾歲以後，第一次收到這種直球告白。」

「那個教會哥哥嗎？」

「真是夠了，要這樣搞是不是！」

「我也是第一次這樣跟人告白，明明過沒幾天就要三十五歲了。」

「宣皓先生，我很謝謝你的心意，這三天對我來說也像夢一樣。」

「那這樣應該沒什麼問題吧？」宣皓懷抱著希望，激動地說。

「對我來說，要接受他人心意，向他人付出心意還是不容易。」

「我的意思並不是要妳立刻這麼做，但看來是我太心急了，抱歉。」

「謝謝你喜歡我，我們慢慢變熟吧。」

＊＊＊

C坐在馬路上想了很久，連內褲都濕透，全身也吸了不少水，她的狀態根本就像是隔天要洗棉被，前一天先把棉被泡進大盆，根本不敢期待能靠一己之力扛起的那種超級沉重厚棉被。『該怎麼辦呢？』光是這個想法就不知道想了幾分鐘，在C思考時，她遠遠看到了B的身影，這是她第一次知道自己體內居然還藏著這麼大的聲音。

「B大！」

幸好對方回頭看了這邊，還趕緊跑過來。

「不是，妳怎麼會在這裡？」

B像個忘記怎麼說話的人，張大嘴巴，呆呆地看著C。

「麻煩你扶我一下。」

「啊，好的。」這才回過神來的B費勁地扶起了C。

「妳還好嗎？」

「如你所見，不好。」

「那要送妳去醫院嗎？」

C搖頭拒絕了B：「我們去那邊那個亭子吧。」

C倚靠著亭子，全身發抖地看著B：「不好意思，你手上那條毛毯可以給我嗎？」

「哎呀，看看我這個記性！」B趕緊遞上毯子，兩人又再度迎來靜默。

「如果你有止痛藥或痠痛貼布的話……」

「有有有，稍等一下，我去拿。」

B很慶幸有事情給他做，他趕緊起身，又突然跑回來給了C一個東西，說完「怕妳覺得孤單」就又消失了。

一台小巧可愛的藍牙音響落在C的掌心，C覺得她這難堪的一天亂七八糟得笑了出來。她說著：「對，這種時候就要聽音樂。」接著播放李素羅的〈申請曲〉。音響的音質很不錯，跟雨聲交融在一起，讓這個夜晚的濃度更加深沉。最後，C拿著B給她的藥，換上B借她穿的大學T，再搭著B幫她叫的計程車平安到家，這是一段不幸變成慶幸的時間。

＊＊＊

B　大家都順利到家了嗎？

A　嗯，剛剛到家了，現在想想好像把你家弄得好亂耶，應該幫忙整理一下再走的。

B　是啊，為什麼這麼早就走了呢，下次記得打掃完再走喔。

G　我還以為兩位會留下來續攤耶，居然立刻分開了嗎？

B　我也很期待，但A大不給我任何餘地啊。

C　我也順利到家了。

A　C大還好嗎？剛剛淋了不少雨吧？

C　我跟這裡有所牽扯之後也遭遇了不少事情，剛剛在回家路上為了閃機車跌倒，閃到腰了，現在正在貼痠痛貼布。

G　哎呀，真是辛苦了，現在身體感覺怎麼樣？

C　在我覺得自己很不幸的瞬間，B大就像救世主一樣登場，所以才能沒什麼大礙。

N　我也順利到家了。

B　真是幸好C大沒受什麼大傷。

A　對啊，但看來這段時間要小心行事了。D大有順利回家嗎？他喝得很醉耶。

G　都已經老大不小的成年男子了，還能發生什麼事啊？

D　a'd vkji jhaf'asda;s

G　哈哈，還活著呢，這樣就夠了，謝謝你的生存報告。

B　那大家都晚安吧！

A　是！

C　大家晚安唷。

G　OKOK

N　掰掰～

# 5

# 可以說的秘密

光線與黑暗共存的時間，看著被渲染成粉紅色的天空，C深嘆了口氣。星期五晚上的人、汽車、建築物都不分你我地奔走著，內心湧上一股這些人事物好像都跟她的時鐘背道而馳的異質感。夾在忙碌朝著某處流動的他們之間，靜靜看著住商大樓的C眼裡落下一滴淚。『兩小時前的我和現在的我是不同的人了，我以後不會再對外頭排成一列的外送機車有無謂的情感消耗了，事物就只是事物而已。』

C剛跟N見過面，幾個小時前收到N的個人訊息時，C湧上了許多情緒。但跟N見面後，C變得更簡單明瞭了，與過去斷絕的她與N，也是時候要原諒自己了。

「是因為什麼事才約我？」

C問道。N一臉未曾見過的洩氣樣，靜靜摸著酒杯。

「如果沒有話要說，那我先走了。」C一拿起包包，N趕緊抓住C的手臂：

「我想跟妳道歉。」

C對於N的這句話皺起眉頭：「妳說什麼？」

「我想跟妳道歉，我也知道妳可能不會原諒我，但我也不能再繼續逃避我的過去了。」

C又坐回位子上，N用發抖的聲音繼續說：「我是真的沒有印象了，因為當時的我也過得很糟糕，處在不管碰到誰就會想拿對方出氣的時期，所以我是真的不記得了。請問妳說的捏造傳聞是什麼事情？」

N的問題讓C頓時語塞，如此折磨自己的問題在對方心中竟然沒有任何印象，原來也有可能是這樣的嗎？C有種心臟被狠揍一拳的感覺。

「朱恩澤。」C冷冷地說出那個名字，N發出了短促的輕嘆聲。

「坦白說我不曉得該怎麼做才能讓C大心情好一點，我真的不知道我現在到底還可以做什麼……真的很抱歉。」N的臉像個忍住不哭的孩子一樣扭曲。

C用參雜著埋怨的表情看著N，喝了一口水。

「紀錄片結束後我也不想再見到妳了，就我的立場來說其實希望妳直接離開，妳可以嗎？」

C的問題讓N開始咬起無辜的指甲。

「很難吧？那當時的我又是什麼心情呢？大家都對我指指點點，當時的我心情會是怎樣？」

C看起來就像個做出重大決心的人，她把杯子裡的水喝完，用力放下杯子：

「一個未經證實的謠言就可以埋葬一個人，這真的是很可怕的事。就連我以為跟我站在同一陣線的人都選擇閃躲，妳懂那是什麼心情嗎？」

C強忍的淚水奪眶而出，兩人之間流淌著沉重的沉默，沉默將激昂的悲傷推開，一切又回歸冷靜。

N這才下定決心開口：「好，我離開。」

C聽到N的答案，閉上雙眼搖搖頭：「也請妳給我一點整理思緒的時間，我以前也曾經對妳恨之入骨，也詛咒過妳最好要跟我有一樣的遭遇。但我不想變成跟妳一樣的人，我先想想哪種方式能讓我心裡更舒服，到時候再決定吧。」

G　今天終於要首播了，老實說我就是在等著這一天啊。

A　有什麼東西讓你這麼期待啊><

G　啊，其實我一直有想約大家見面，但怕被拒絕就變得比較小心翼翼了。

A　唉唷，哪有這種事情……雖然我打字是這樣打的，但我也是><;;

B　反正終於可以見面了，睽違一週。

G　對啊，來我家吧，空手來就好，今天我以最年長之姿請客，沒有什麼1/N

的規矩。

B　這根本是想要自己做看起來很帥的事情吧。

G　如果看起來有帥，那我就成功嘍。

C　首播會怎麼呈現啊？真好奇。

D　@@

G　可能會讓我們的關係更加緊密？呵呵。

N　我今天可能會比較晚或是就不去了。

G　嗯嗯，晚一點也沒關係，一定要來喔！那就今天晚上八點，希望大家到那之前都平安無事。

回到家裡，打開小窗，城市的噪音瞬間填滿了樓中樓格局的八坪空間。C在這股噪音中感受到某種平靜，她再也不對人生與人類感到害怕。看著默默暗下來的城市燈光，她思考著話語所擁有的力量，進一步思考著N的眼神與語氣裡所含的真心，那是個聽起來相當真誠的道歉。在那個當下，C才突然意識到，自己的人生已跟之前變得截然不同。

# #N的紀錄4　家

「終於，今天是VLOG大長征的最後一天了。為了這段時間很辛苦的我自己乾杯，大家也一起乾杯喔。哇，這真的很好喝！其實我本來是個大宅女，除了拍攝跟贊助以外幾乎不出門的，今天真的是睽違許久才去了我家附近的酒吧，也在那邊跟某人見面了，嗯，算是在白天喝酒的局吧，然後我也向那個人道歉了。呼～雖然我自己沒有印象，但我做過的事情不會因此消失，這點我也是認同的。這段時間以來，我都刻意不去正視我自己，很害怕真正的我會不會是太糟糕的模樣。但我如果不接受這樣的我，那我的人生肯定永遠都是孤獨的，所以我在人生變得更糟之前鼓起勇氣，雖然目前還沒有結論，但我還是想要繼續努力，直到對方原諒我為止！喔對了，這個高球是我剛剛自己留在酒吧裡喝的，真的很好喝，所以我努力上網搜尋，買了材料回來試調一次。哎呀，我好像把氣氛弄得太嚴肅了，我變換一下語調，開心乾杯後重新開始喔。自己玩耍的二十幾歲日常就是這樣，一個人做點什麼來吃、看看OTT、也聽聽歌。雖然這稱不上吃播，但因為我想跟大家分享這個食譜，也做了一點準備。這是POMONA煙燻伯爵茶糖漿，在所有紅茶之中，最合我胃口的就是伯爵茶。倒入15毫升的糖漿，有看到這個威士忌吧？三得利，倒30毫升左右，然後再裝滿冰塊，接著倒入適量的氣泡水，最後夾一片檸檬片夾在杯緣。你們看，很像樣吧？其實一開始說要拍這部紀錄片的時候，我還想說為什麼要拍這種東西，但在我實際跟大家見面，也在群組聊天後，覺得我好像也稍微、變得有一點點不一樣了。一直以來我所身處的世界，比起直接接觸？是這樣講嗎？總之，比起直接接觸和溝通，都只在網路上展現我想給大家看到的樣子，互相說著彼此想聽的話，不然就是背地裡狂講別人閒話。但我最近覺得我真的太封閉自己了，我所看到、感受到的，以及我的想法都只是極小的一部分而已，光是意識到這點，應該可算是非常大幅度的成長吧？今天是紀錄片首播的日子嘛，大家約好要在G大家一起看。我之前覺得這種聚會超沒意義，但現在覺得一起努力拍攝VLOG的我和其他同志們都辛苦了，也很感恩有這個機會跟大家結緣。如果是非常認識我的人看到，可能會想說這人怎麼突然變成這樣？透過IG認識我的人可能會覺得那個姐姐真的很特別吧？但總之呢，我也不知道節目會怎麼呈現，反正我是沒有後悔的。喔對了！在節目播出前的預告篇留言我也都看了，有人在問說我是不是要宣傳我自己才上節目的？對沒錯，如果真的有宣傳效果，對我來說也不是壞事啊，反正現在就是個要想盡辦法推銷自己才能活下去的時代嘛！我的VLOG就到此為止，再會了，以後我們IG見嘍，大家。」

＊＊＊

A被社區的氣氛震懾，計程車停在公寓入口就足以感受到壓力。雖然她伸長脖子，把頭抬得老高，但高聳入雲的大樓所散發的威嚴也高得讓人脖子痠。『原來住在這種地方啊』，A喃喃自語地再次確認發在群組的棟數跟門牌號碼。

A心想著，還有什麼存在能像人這樣，越深入了解越覺得有趣呢？G是什麼樣的人呢？B呢？其他人呢？我們到底是想要聊什麼，隱藏什麼，又想要分享什麼呢？這份來往的心意對各自而言會作為什麼意義留下呢？電梯抵達二十八樓，電梯門開啟，A懷著又打開一個新世界的心情，往前踏出一步。

頂樓公寓，G大露出相當適合這個地方的表情迎接大家到來。

「謝謝大家遠道而來。」

A緩緩舉起右手開口道：「我可以說實話嗎？我來這裡變得有點膽小了，原來G大真的是有錢人啊。」

「哈哈哈哈。」G豪邁大笑：「我只是運氣好而已，來吧，除了N大和D大以外都到了，我們先開始吧？」

G才說完就走進食物儲藏間，從紅酒冰箱拿出紅酒，並從冰箱拿出事先準備好的番茄普切塔、鮪魚開胃小點以及擺滿羅勒和生莫札瑞拉起司的卡布里沙拉，依序擺上餐桌。

「哇，這些都是什麼時候準備的啊？真的要請我們吃這些嗎？」

C即使看到眼前的光景也還是難以置信。

「當然，我可不是會空口說白話的人，哈哈。這些東西我也做不出來，但附近有家我很常去的酒吧，是拜託酒吧老闆讓我外帶的，大家快請坐吧。」

G指著座位率先入座，C大坐在他旁邊，對面則是B和A並排而坐。

「託你的福，我會好好享用的。」B拿起紅酒，替G倒了一杯。

「大家這一個星期都沒什麼事吧？A大臉色看起來不太好。」G的身體往前傾，表示關心。

「啊，我連續加班了五天，感覺身體耗損了不少。」A無精打采地說。

「哎呀，真是辛苦了。」C眼神滿是擔心地看著A，A露出她沒事的微笑。

「C大現在……跟N大還是不太自在吧？」這回輪到A擔心C。

「啊？雖然不是太舒服，但沒關係的。世界上的人百百種嘛，不要再對過往的傷痛賦予意義也是我得做的事，也只有我能做到。」

「我那天有跟N大聊了一下。」G意味深長地開口。

「因為這不是我個人的事，我也不能隨意分享，但N大當時也有不得已得這麼做的原因。有些人會因為自己的傷痛太大、太痛，因為自己的傷口而完全沒有餘力去注意他人嘛，我在想N大可能是屬於這種類型……」

聽著G這席話的C臉色越來越僵，G趕緊繼續補充：「啊，但我意思不是N大做得很好，或是要把她的行為正當化。」

C看著G點頭道：「這件事對我留下很長一段時間的創傷，但對別人來說其實是微不足道的呢。」

慌張的G臉色突然漲紅起來：「啊，我不是那個意思。」

「但也不能因為我自己受傷了，就隨便造成他人的傷害嘛。」

「當然不行，不可以這樣。我想表達的意思是，有些錯誤會讓這種事件的受害人陷得更深，我是指『為什麼只有我得遭遇這種事？我犯的錯有這麼嚴重嗎？』這種心情。但其實並不是這樣的。對方當時可能也身處奇怪的狀況下，所以才會顯得不太正常或不穩定，但也或許是對方真的不正常。我只是想講說，如果可以接受這一點，那也能減少我自己的傷口大小。」

「可能喔，其實我好像也沒辦法原諒我自己。被這種事動搖了我的整個人生，最後選擇逃避，無法正面迎擊，我很討厭這麼卑鄙的自己。真的太討厭在遇到那個人之後又再次動搖的我，討厭沒辦法擺脫那種過去的自己。」

「人對人到底可以殘忍到什麼地步呢？」B嘆了口氣。

「我很辛苦的時候也跟C大有過一樣的想法，都發生這種沒天良的事情了，我還能兩腳伸直，好好睡覺嗎？這有可能嗎？但不是每個人的心情都會跟我一樣，到頭來那個人也不過就只是那樣的人罷了，這不應該怪罪於我，不是我的錯，而是對方的錯。」

靜靜聽著B說話的C眼眶又累積了淚水，順著臉頰滑落。

「可能我就是一直想聽到這句話吧，這並不是我的錯，是那個人太壞了。」

C一哭泣，A趕緊起身摟著她的肩，那是個比起說十句話，更需要一個溫暖擁抱的時刻。

＊＊＊

在氣氛來到高潮，故事的濃度也越來越深，大家的緊張感也隨之鬆懈。雖然黑暗一如既往地降臨這個城市，但城市的夜晚也憑藉著每個人的故事閃閃發亮。

「我有時候也會想說，人生會不會其實就是一種傷痛。」

B有點微醺，語氣也變得慵懶。

「我個人真的很討厭越痛才會越成熟這句話。」G刻意用力地強調。

「為什麼？但人類確實是會透過傷痛成長啊？」A無法理解。

「但這是真實的嗎？我反而覺得恰恰相反。傷痛就只是傷痛而已，我們透過傷痛學到的只不過是放下對人生的期待，比較接近死心的感覺吧。」

C伸出手掌向G大請求擊掌：「我也有同感。」

看著兩人的A，肩膀垂成三角形：「如果這是真相，會讓我很想哭。」

G看到A這個樣子，搖搖頭說：「雖然傷痛只是傷痛，但要怎麼消化它都是每個人各自的議題，我們只要好好擦藥，貼上OK繃，繼續生活下去就好了。」

「但G大本來就是這麼冷靜的人嗎？感覺在女性友人事件之後，你大部分時間也都很平靜，我覺得這好神奇。」A把椅子往前拉了一點。

「嗯……經歷過陸海空戰的話，就會變成這樣的，哈哈。我也是人啊，怎麼可能不生氣？但反正情緒這種東西是流動的，我只不過是深呼吸一口氣，讓它流掉而已，再加上我也比較單純，很快就忘了。」

「哇，真是很舒服的個性耶。」C羨慕地說。

「我反而更羨慕C大這種想講什麼都能有話直說的人，這樣心裡就不會留下其他疙瘩，這才是更健康的生活啊！像我這種人如果生氣起來就會來一次大的。」

「G大純粹是討厭衝突而已吧？並不是真的沒事了，只是在逃避而已，我就是這種類型。」A的語調變得高昂。

「這話還挺有道理的。」

「但並不是有話直說就能一直都沒事，蒙受一堆無端的誤會，有時又會因為說出一些沒必要說出口的話把氣氛搞砸。我體內可能潛藏著覺得自己不做點什麼就會遭殃的心理吧，但真的該說的狀況又會像個笨蛋一樣逃避。」

看到C悶悶不樂，G搖搖頭：「但至少多虧了C大，我們的群組變得很有趣。」

「這是在損我吧？」C癟著嘴，露出氣呼呼的表情，G立刻擺出調皮表情。

「喔？我們的紀錄片差不多要開始了。」B確認了手機時間。

＊＊＊

一個人的能量是相當大的，在N抵達後，家裡的空氣就跟剛剛截然不同，但這並不能用好或不好的二分法定義。至少平時在N跟C共處一室時，會特別緊張兮兮的感覺在今天沖淡了不少。相反地，透過節目公開彼此真正身分的緊張感也在電視機前的他們之間蔓延。

節目依照一開始選擇的英文字母順序播出，某些場景雖然沒有公開姓名，但也自然地揭曉了職業，也有人是徹底隱藏了本人職業，年齡也是如此。但即便這麼做了，網友搜查隊肯定不用一天就能通通找出來，但在那個當下會想做點什麼把被公開的時間點延後，也是每個人的自由意志。在節目即時聊天室中有非常多關於出演者的討論，拜訪個人社群平台的人與留言也瞬間增加。

紀錄片超乎他們的預期，引起爆炸性迴響，有些人想加入這個群體，有些人好奇何時招收第二期，也有人是想認識出演者等等，各式各樣的議題隨之發酵。

「B大，在大企業上班肯定很辛苦吧？居然每天都要加班！這是我難以想像的事。」A一臉憐憫地看著B，接著又把目光轉回電視的她眼裡突然滿是震驚，彷彿看到這輩子第一次見到的物品一樣。

A用一種「你倒是說點什麼啊」的眼神看著G，G想盡辦法避開那股視線，最後起身躲進廚房。

「啊，我們看紀錄片是不是看得太認真啦？但看到自己出現在電視上確實還滿神奇的，對吧？」

G的腳步顯得不太自然，A立刻追上去。

「隨便說點什麼吧，好嗎？」

雖然A加以催促，但G仍是笑咪咪地準備紅酒和乾下酒菜。

「原來D大是李音作家啊，我學生時期讀過他的小說，想說他真的是天才耶。但D大怎麼沒來？他剛在群組有說他會來吧？」

B問道，但大家的反應都是聳肩或搖頭。

紀錄片首播結束，變得有點尷尬的他們面面相覷，在眼珠轉動個不停的時候，A一副等待許久的樣子，單刀直入地問了G：「G大，你知道關於我的事情嗎？」

「沒有，我怎麼會知道A大的事呢？」G油嘴滑舌地回應。

「但要說這是偶然也未免太怪了吧？G大的女性友人居然是我的組長，這真的有可能發生嗎？那套衣服、那個背影怎麼看都是我們組長啊！」

A狂搖頭，大家都懷疑地看著G，但G的臉上絲毫感受不到半點慌張。

「不是有個凱文・貝肯的六度分隔理論嗎？認識之後才發現原來大家隔了幾層都認識。」G堂堂正正地這麼說，然後轉移話題：「但D大有說他今天不會來嗎？」

大家露出不太清楚的表情。

「打電話就知道啦。」C大拿出手機，打開聊天室，大家靠向她。

這時候，C的手機出現視訊通話的畫面，C一看到來電者是「媽媽」有點愣住，一旁的A說著「快點接」，就代替她按下接通鍵。

「麻麻！」

畫面上出現一個約莫三歲的小男孩，C的臉色突然變得鐵青。

「啊！」A這才發現自己鑄下失誤，她看了看左右，但大家都不知道該用什麼態度面對這種狀況。

「麻麻～」

「喔，鎮洙，你怎麼還不睡覺，還打電話給我啊？」

「我看不到麻麻。」

聽到孩子這麼說，C這才將手機轉成可以看清楚她的方向。

「現在看得到了吧？你要快點睡覺才能快快長大啊，寶貝。」

「麻麻不債，我鼻要睡覺！」

「麻麻很快就回家了，你先跟奶奶睡覺好嗎？」

孩子搖搖頭開始耍賴：「鼻要！現在！現在！」

「好啦，我現在回家，但如果鎮洙繼續耍賴，麻麻就不走了喔。我不是說過要買樂高回去嗎？所以你現在不能哭，要先睡覺，這樣麻麻就會蹦～現身的，知道嗎？」

「現在嗎？」

「嗯，現在去。」

「唱搖籃曲給我聽。」

「寶寶乖，快快睡～前院和後山的小鳥和小羊們也都睡了～鎮洙掰掰。」

C揮揮手，畫面中的鎮洙也跟著揮手，這才結束了這通電話。

尷尬的沉默在空氣中蔓延，C無可奈何地嘆了口氣，咬了嘴唇。

「啊，我還真是沒料到會這樣公開，其實我是單親媽媽。」

「啊……我不太知道這種時候應該說什麼比較好。」

G一結巴，C忍不住大笑。

「如果你們這麼凝重我才不知道該說什麼啊，雖然我是媽媽，但我自己住，孩子是我媽媽在幫忙帶。」

「製作單位也知道嗎？」B似乎是擔心製作單位會竊聽他們，刻意放低音量。

「嗯，我一開始就都說了，可能是因為這樣才想找我吧，畢竟是很特別的人生。」

「那這在紀錄片中也會公開嗎？」A用誇張的動作詢問。

「嗯，有說會播，雖然第一集還沒出現，但我的日常VLOG自然會有孩子出現，只是我沒想過要用這種方式嚇大家。」
「C大是怎麼下定決心要出演的呢？」G的表情是真心好奇。
「復仇？」C笑著說。
「為什麼笑著講這麼可怕的話啊？」G打了個寒顫。
「只是單純想展現出我過得很好的樣子，給那傢伙跟那傢伙的老婆看。」
C所說的話變成巨大的問號，客廳裡頓時騷動。
「嗯……所以……」
C緊咬著嘴唇起身，沒有說半句話，她在屋裡徘徊了一陣子，又回到原位坐下，把她那杯紅酒喝光。
「我被一個漫天謊言給騙了，誰會想像得到大學生是有婦之夫呢？我讀畢業班，那傢伙是復學生，我某天在吃學餐的時候有個人一直盯著我看，那是我們的第一次見面。我們真的很契合，當時還以為是老天看在我這麼辛苦的份上，給予我的報償，所以我們談了戀愛，也畢業了，順利就業後也平順地上著班。但某天突然有封法院存證信函寄來公司，沒有半個人在乎真相是什麼，也沒有半個人聽我說話，比起我被男人騙了的事實，更讓我受不了的是所有人都對我指指點點的樣子。」

以平靜語調說出這些的C想起當時的回憶，開始有些哽咽，A牽起C的手。

「雖然我那陣子身體不太舒服，但我真的沒有料到會是這樣。在看到驗孕棒顯示兩條線的當下，我真的不知道該怎麼辦。稀里糊塗地錯過拿掉孩子的時機，我也真的沒勇氣把我肚子裡的小生命抹除，所以才決定把孩子生下來，結果又碰上了產後憂鬱，所以現在才會是孩子的外婆代替我帶孩子。但終究還是多虧有了這個孩子，我才活了下來。要不是鎮洙，我應該早就不是這個世界的人了。」

「唉，人生竟然可以這麼曲折。C大該有多痛苦啊，我都不敢隨便安慰了。」

C聽到G這麼說，開始啜泣。

在C分享她辛苦過往的時候，N低頭摸著指甲，接著她微微抬頭瞄了C一眼，又把頭低下去。一下抖腳、一下咬唇，又摸指甲，不斷重複這些動作的N用螞蟻般的聲音說：

「對不起。」

瞬間，大家的視線都轉到N身上，N盯著地上繼續說：「其實那天我跟G大聊完回家有認真回憶過，但我是真的沒有印象了。那陣子是我人生中最痛苦的時期，也是剛剛跟C大見面才終於知道我到底做了什麼事。原來我真的是個很不怎樣的人，很抱歉我直到現在才承認這件事，感覺妳會遭遇這些事好像都是我造成的，所以……」

N也不知道現在她所感受到的情緒到底該怎麼說明，一直以來她都以為自己才是受害者，但卻有人因為她走到絕望的盡頭，是一股讓她難以克服的陌生情緒。

「我最近收到殺人威脅的私訊，也有不認識的人傳Kakaotalk罵我，這也讓我想起一件事，我當時有開Kakaotalk監獄對吧？」

原本總是表現得跟情緒絕緣的N放聲大哭，這才平靜下來的C吞下眼淚。

「監獄？不，那是地獄。退出就又邀請進去，再退出就再邀請。我明明什麼事都沒做，卻有一堆人咒罵我瘋女人、賤女人、破麻之類的，我明明不是情緒垃圾桶，但在那邊卻被當成垃圾。」

「其實我不太能共情他人，就像是少了一根螺絲那種故障的人。我的心從出生以來就是故障的，我這種扭曲的心對C大形成傷害，真的很抱歉，非常對不起。」

沒有半個人能插嘴N這猶如吶喊的謝罪，一股靜默沉重地壓在大家心上。

「當時的我……我可能是想要在跟我很不一樣，看起來閃閃發光的C大身上弄出點傷痕吧。對，不管對象是誰，我就是想要毀掉她，只要能讓我顯得更突出，我什麼事都能做。不想被別人拆穿我是個沒有被愛資格的人，所以我用錢討大家歡心，組成自己的小團體，我是真的太不懂事了。坦白說，我是把這些事情通通忘掉的，因為當時的我非常糟糕，所以才更想把這一切通通抹滅。上大學的我用截然不同的方式生活，斬斷所有人際關係，不參加任何迎新、團康和系上活動，每天放學就趕著回家。網路上的我跟現實中的我是完全不一樣的，我在網路上是個親切漂亮，獨立而且充滿自信的人，我陶醉在這樣的我之中，過著我的生活。」

N滔滔不絕地把那些積在心裡的話說出口，為了喘口氣而暫時停頓，G擔心地看著N：「妳現在的心情怎麼樣？」

「輕鬆多了，直接承認自己是個糟糕的人反而覺得心裡痛快多了。這段時間以來，我只要收到惡評和威脅私訊就會很害怕，感覺那是我過往犯下的罪過所必須承擔的代價，被噩夢纏身好幾天，也睡不著覺。我很想否認那並不是我，是你們認錯人了，但我卻再也無處可逃，也沒得躲藏了，所以我今天才約了C大見面。」N說完這席話再度低頭，指尖微微顫抖著。

「當時的我其實也沒這麼亮眼，父母正在討論離婚，光是這一點就讓我搖搖欲墜。但幸好我媽為了守護我，自己跑了幾趟諮商中心，還讓我轉學了。我不是因為討厭N大而痛苦，是討厭當時什麼話都說不出口的自己。所以在那之後我也下定決心有話都要直說，但在看到N大的當下，我卻退卻了。我明明是想盡了辦法要逃離，也好不容易才避開這一切，為什麼偏偏在這裡跟妳重逢，這真的讓我很生氣。」C淡淡地說。

「我以後不會再來參加聚會了，其實今天本來也不想來的……」

N沒把話說完，C搖搖頭：「我剛剛得到N大的道歉也有思考過了……我也該原諒我自己了。」

N不明白這是什麼意思，抬頭看著C。

「其實我們每個人都是沒辦法原諒自己才會覺得痛苦，N大是因為無法原諒那個以前會折磨他人的自己才選擇遺忘，我是因為太討厭沒用的自己才逃避的。但我以後不會再逃了，雖然我沒信心能跟N大變得多親近，但也不會覺得不自在了。」

「C大，現在沒關係了嗎？不對，應該說以後會沒事的吧？」

G來回看著兩位問，C點點頭。

「啊，我其實……」N還沒把話說完就在包包裡翻找東西，然後拿出一個手掌大小的盒子，遞給C。

「這是什麼？」
「這是我拿到的唇膏和睫毛膏公關品。」
N難為情地伸出手，C微微點頭表示感謝。
「好，雖然兩位現在氣氛正好，但很抱歉我要潑個冷水了，D大應該沒說過他今天不來吧？」
B的這句話讓那個被大家遺忘的存在像氣球一樣吹起來，也讓大家的內心膨脹起來。
「D大到底是怎麼了啊？」
A的語調拉高，打開手機認真觀察訊息的B皺起眉頭：「D大不會是出了什麼事吧？」
「大家都不知道他的電話號碼吧？要不要再打一次語音？」
「好，我來打。」B才說完，大家聚在一起。
通話連接音響了好一陣子，接著傳來氣喘吁吁的聲音，大家都快把手機看穿出一個洞了，內心充滿恐懼。

＊＊＊

D的右手握著手機，正在被某人追趕著。雖然電話是接通了，但他根本沒有說話的餘力，滿腦子只有「如果我被那些人抓住，就很難再活下來了」的念頭。

「把那傢伙抓起來！」

D把這個聲音當成口令，更加奮力奔跑。已經快喘不過氣的他，雙腿也像進入長跑最後一圈的跑者抖個不停，但他還是不能在這裡停下，他感受到一股詭異的喜悅，在巷弄裡跑著，跑著……

十分鐘前，D在一個簡陋的路邊攤獨自飲酒，桌上擺著三瓶已經喝完的燒酒，還有一瓶喝了一半的燒酒，而下酒菜就只有烏龍麵湯而已。

D覺得他的人生已經沒救了，表情已超越憂鬱，更像是沉痛。在他也不知道自己到底是醉了，還是睏了之際，有一群莫名讓他不順眼的男人們的說話聲在耳邊響起。他睜開半瞇的眼睛，瞪著對方，他們的對話也聽得越來越清晰。跟他差不多年紀，身穿自行車服的三個男人正在興奮聊天。

「我這禮拜的股票翻倍了。」

「靠，所以這餐你要請嗎？那怎麼不請貴一點的啊，路邊攤是什麼意思？」

「這小子在讀書時期本來就很小氣了。」

「都請你們吃了還吵什麼。」

「我要點盲鰻。」

「隨便你。」

陷入自己的世界，恍若無人之境，也不顧周遭他人視線盡情暢聊的三個男人，也在不久後感受到D那半放鬆的眼神，其中一個男人對他身旁的同伴說：「喂，那傢伙是怎樣，眼神怎麼回事啊？」

酒永遠都是問題，跟原本想要低聲私語的打算不同，那個男人的聲音大聲地在整個攤位迴盪，那句話也鑲進D的耳裡。D心想著就是現在，現在就是一個可以分出高下跟死活的終局之日。D站起來，威風凜凜地走向那三個男人，並對著那三個靠著騎自行車鍛鍊出結實大腿的男人說：

「怎麼？我眼神怎樣了嗎？」

D雖然覺得自己是非常挑戰性地對他們發動攻擊，但實際上卻非如此。他就像自帶慢動作一樣慢吞吞地，不對，更像是踉踉蹌蹌地走向對方，口齒不清到實在聽不懂他在講什麼。看著這樣的D，其中一人揚起單邊嘴角嘲笑地說：「先好好說話吧你，臭小子，觸什麼霉頭。」

對方不只是說出這句話而已，還朝地上吐了口水。

「對啦，我就是觸霉頭所以才會活成這副模樣，你們難道有幫過我嗎？」

D自以為是大聲喝斥了對方，但他那含糊的發音足以惹人嘲笑。三個人笑得東倒西歪，其中一人接著說：「智障，連話都講不清楚。」

D的自尊心嚴重受損，當下閃現的想法是：『原來我不只不會寫作，還是個連話都講不清楚的人，所以才會遭受這種待遇啊。』D把臉湊向那個男人，然後盡可能像個瘋子一樣大翻白眼。

「還笑？」

但對方也絲毫沒有要退讓的意思，以一股「我最瘋」的氣勢瞪大眼睛：「對，我笑了，你想怎樣？」

D因為對方這句話笑得像個失去理智的人，接著又擦掉眼角的淚：「原來你覺得這世界很可笑啊，真羨慕呢，臭小子。」

D的嘴抽動幾下，接著朝男人臉上揮出自己也控制不了力氣的一拳。對方的臉被打歪，嘴角滲血。D的一擊讓對方有點恍神，他張著嘴摸摸臉頰，一摸到黏糊糊的液體就把手伸到眼前確認。

「血？你這混帳！」

這句話成了信號彈，也觸動了他的同伴，感覺目前的狀況是可以辯稱是D先出手，所以他們只是正當防衛而已。而且既然是D先動手，那就不要阻止了的狀況。於是，身強體壯的三個男人起身進逼，D這才畏畏縮縮地往後退，他根本沒時間確認後頭狀況，突然清醒過來，退後幾步時還踢倒了幾張椅子，再往後幾步撞到他原本座位的桌子，桌上的燒酒瓶也因此摔個粉碎。D思考了約莫0.5秒，他一時的判斷錯誤究竟招致什麼事情發生後，大聲喊出：「對不起！」

接著他拚了命拔腿狂奔，此時，語音通話響起。

＊＊＊

雖然每個人的一天都是相同分量，但在品質層面的落差可能天差地遠，對D而言，今天就是決戰的那一天。從品質來看會是最好的一天，或是最糟糕的一天。要一決勝負的這一天，是他構思一年、寫作一年、修改一年的腳本徵件結果公布的歷史性之日。D為了證明今天也跟其他時候一樣，出發前往星巴克寫作，並告訴自己不要太在意，所以也沒有點開官方網站，但會不定時確認手機是沒辦法的事。D內心是隱隱期待的，期待今天公布結果後，他可以成為一個能堂堂正正跟大家見面，談笑風生，一起收看紀錄片，並對他的真面目高聳肩膀得意的主角。這個節目肯定能讓他的知名度提升，他也可能從天才小說家變身為天才編劇吧？D這個夢想讓他的心快要爆炸，『啊！可惡！現在應該要寫作才對。』雖然D試著重新聚精會神，但身體的飢餓感向他抗議，肚子也發出咕嚕嚕叫聲。他因為要回屋塔房吃泡麵而選擇回到他的住處。

但不到幾個小時後，他卻去了藥局買安眠藥。明明在燒熱水泡泡麵的時候，D的心情還是很好的。這猶如在證明他久違地專注寫作，大腦努力工作，身體在吶喊著要他快吃下可以轉化為能量的任何東西。心急的D把熱水倒進杯裝泡麵，卻不小心把熱水灑到腳背上。他反射性伸腳往後退，差點就把整碗泡麵打翻，但他幸運地接住了泡麵。抓得好啊！D安心地鬆口氣，露出輕鬆笑容。那碗陷入危機的泡麵就像他自己，而他也從危機脫身了。他捧著泡麵，在泡麵紙箱旁邊找了位子坐下。下午兩點的豔陽非常毒辣，他的頭頂很燙，但世界相當安靜。對這股寂靜感到陌生的D找出隱身於被窩的遙控器，吹掉上頭的灰塵，久違地打開了電視。電視正播著新聞，主播字正腔圓的發音說著以下內容：

「因為偷換成分的新藥引發爭議的K BIO退出證券市場，使用偽造文件上市，蒙受巨大損失的人約達六萬人，小股東們一夕之間面臨僅存的股票也要變成壁紙的危機之中。」

D覺得神的毫無慈悲是特別衝著他來的，才夾了一口泡麵放進嘴裡而已，誰能料想得到會看到這種新聞呢？D把嘴裡的麵吐出來，K BIO是他用第一本小說的大部分版稅所投資的公司，他的手顫抖著。

此時，手機響起簡訊通知聲。

「您好，這裡是韓國電影振興院。首先感謝您對韓國電影劇本徵件比賽的支持與報名，在針對所有報名者提交的作品進行縝密討論後，很遺憾必須通知您本次投稿不合格的消息。希望下次還有機會一起合作，盼您筆耕不輟。」

D把手機丟到地上，他的體面也同時瓦解，感覺他再也沒有能證明自己的機會，也沒有必須活下去的理由了。他發呆了好久，房裡的壁紙今天顯得特別令人發暈。雖然他閉上眼睛，但卻無法入眠，要再出門寫作的意志也已蕩然無存。就這樣以半睡半醒的狀態過了好久，天色不知不覺暗了，D緩緩起身走到外面，他自己的世界已是一片黑暗，但外頭的世界卻還有點陽光。

他眼神渙散地按下開門按鈕所踏入的地方，不曉得該說是充滿醫院的味道，還是消毒水的味道，一股無法定義的味道撲鼻而來。

藥師非常親切地說：「一天一顆，睡前半小時服用即可，不能飲酒。」

D把藥師的話理解成完全相反的意思：『所以一口氣通通吞下去再喝酒就可以了』。他並不是有什麼想死的勇氣，只是覺得自己變成毫無用處的人類，變成一個只會吃飯的米蟲。但他明明不是為了這樣才出生的，他才不想這樣活著。

D一踏出藥局就吞下好幾顆安眠藥，在沒有配水的狀態下咀嚼吞下肚。藥很苦，但沒關係，畢竟他的人生比這苦上千萬倍，接著他貿然走進視野所及的路邊攤。

＊＊＊

響得亂七八糟的門鈴聲讓大家的目光都轉移至玄關，G透過對講機看到不是鹽漬，而是被汗浸濕的一條魚，是D。

G按下開門鍵，大家一窩蜂聚到玄關，也不曉得D是跑了多遠，整張臉紅通通地粗喘著氣。

「不是，到底發生什麼事了？」G讓D晾在門外，急著問。

「可以給我一杯水嗎？」

G這才向D招手要他進門，大家圍著餐桌坐下。G從冰箱拿出一瓶五百毫升的礦泉水遞給D，他咕嚕咕嚕地一口氣乾掉，這才看到圍坐一圈，盯著他看的十顆眼睛，他忍不住放聲大笑，笑聲聽起來有點瘋狂，也像吶喊。

「這到底是怎麼回事啊？」B拍拍D的肩膀要他冷靜一點，D嚥了口水。

「我本來要去死，反正這個一事無成的人生，再活下去也沒意義了。」

說到這裡，D停頓了一下，G一副快要暈眩地催著他：「真是的，D大，聽說你是很出名的作家，還真是名不虛傳啊。連講話都要停一下，讓人這麼期待後續發展嗎？」

D聽到G這麼說，冷笑了一下：「結果我卻為了要活命拔腿狂奔，哈哈哈哈哈哈哈。」

A悄悄舉手：「不好意思打斷你說話，但我可以先離開嗎？」

「天啊！A大臉色怎麼這麼差？」C擔心地問。

「老實說我今天狀況不是很好，但因為很想來才吞了止痛藥，可是……」A停止說話，摸摸脖子附近：「我這邊真的很痛。」

聽到這句話，B趕緊起身走向A。

「喔？真是的，A大，那邊好像是淋巴腺，現在看起來超腫的。」B露出好像是自己很痛的表情看著A：「要叫119嗎？不，我看這要去急診，我送妳去吧。啊不對，剛剛有喝酒，但總之還是一起去吧，搭計程車。」

B根本不知道自己在講什麼，抖著腳等待A答覆。看著B這樣，A的嘴角也自然揚起：「沒到那種程度啦，我搭計程車回家休息就好了，家裡也有止痛藥可以吃。」

B趕緊打斷她的話：「感覺交叉服用會比較好喔，不要吃止痛藥，吃那個什麼？布洛芬系列的消炎藥？」

「我家應該也有。」

「那我幫妳叫車吧，我陪妳出去。」語畢，B站起來，A搖搖頭：「我自己走就好了，謝謝你。」

雖然B憂心忡忡地看著A，但他也不能再出頭，只好又坐下來。

「A大！到家之後記得訊息回報喔。」G向她揮揮手。

＊＊＊

坐在餐桌的四人用按捺不住的表情盼著D的下一句話，N不自覺用食指打著節拍，C把身體靠向D，G則是認真思考著該怎麼問才不會失禮。只有B比起D的故事，一臉更擔心A的安危而盯著手機。

此時，G小心翼翼開口：「那個……D大，你還好吧？」

「還好，又好像不太好，就差不多那樣吧。我想說認識大家之後要再來努力一下，結果好像一切都化為泡影了。」

D深深嘆了口氣，整個空間的氣氛也跟著沉重起來。

「請問發生什麼事了嗎？」G低聲詢問。

「準備很久的徵件比賽落選了，感覺也差不多到了我該封筆的時候了。」

「請問那支鋼筆對你有什麼特別的意義嗎？」B耐不住好奇詢問。

「前女友特別去刻字送我的，她在沒用的我身邊陪伴我非常久，但我總是因為沒有寫作靈感、寫不好而對她出氣。後來聽說她已經結婚生子，現在也過得很不錯。」

D看著半空無力地說，一陣寂寞流淌，沒有人敢隨便出聲安慰。

「大家看過紀錄片應該也都知道了吧？我可能是做了一個恍惚短暫的夢，夢想著天才小說家能晉升為天才編劇的夢，哈哈。我本來是夢想著發生這種劇本的，誰知道現在連第一本小說的版稅投資也失敗了，一切都化為烏有了，哈哈哈。」

D像個失神的人笑著，笑得太過還流下眼淚。他伸出右手拭淚，變得一臉淚汪汪的。

「老實說我非常害怕，到底有沒有可能在多次失敗中還繼續撐下去，我現在光是坐在筆電前就會害怕，已經好幾年都找不到答案了，感覺就是我自己在嘰嘰喳喳而已。朋友們都以為我不出門是因為在認真寫作，但其實我有很多時間都是虛度的，然後又因為一事無成，甚至出現了社交恐懼。創作的痛苦又不是每個人都能理解和共情的。」

「是類似於沒有得到報償所感受到的焦慮嗎？」G的眼神露出銳利光芒。

「不曉得，可能是覺得我的存在太過渺小薄弱吧？雖然我也很清楚，文章不代表我這個人本身，但我從學生時代就專心致志地寫作……現在完全搞不清楚我的主體性究竟是什麼。結果那三個男人朝著我衝來要跟我拚命的時候，我卻又因為想活下來而死命地逃了。我明明就想死，但可能實際的我是想活下來的吧？」

語畢，D的肩膀開始晃動，抽泣聲也逐漸變成放聲大哭。

此時，C開口了：「這哪有什麼？你身體健康，也有才華啊！」

「可能是曾經到達顛峰的人又走下坡的挫敗感吧。」G表示可以共情D。

D聽到G這麼說又哭得更大聲了，N面無表情地看著D開口：「感覺你是有點太懦弱了，又不是得了什麼不治之症，也沒有揹一屁股債啊？」

哭哭啼啼的D忍住哭泣說：「現在是生存問題了，我已經沒錢了。」

N皺起眉頭，一臉受不了：「如果是生存問題，那就去賺錢啊！然後再繼續寫作不就好了？總要在現場有過活生生的體驗，才能寫出生動的文章不是嗎？每天坐在鍵盤前面是想寫出什麼有說服力的文字啊？不管是去送貨還是跑外送，又或者是當代理駕駛都好，就去找你能做的任何事情，先去面對你的生活吧。與其在這邊耗時間，不如去活動身體，用比較清醒的腦袋重新開始就好啦！你現在不就是還在孤傲地想以『我是作家』的心態繼續下去嗎？」

D被戳中痛處，表情變得茫然。

N說的每一句話都是對的，沒有半點可以反駁的餘地，通通都是對的。但G還是想站在D那邊替他說話，眼裡滿是慈祥地說：「其他人不可能完全明白我們的心情，D大如果覺得痛苦難過，那就是痛苦難過。」

G這句話讓N皺著臉：「老師，現在可以別再講這個了吧？」

「老師？G大是N大的老師嗎？之前好像也聽妳叫過他好幾次老師。」B的眼神發出銳利光芒。

「這位可是精神科醫師，Doctor。」

＊＊＊

G感到腹背受敵，他好像一隻柔弱的羊，而周遭的四匹狼正在緩緩靠近他，縮小捕捉網的壓迫感襲來，不禁讓他打了個寒顫。雙手抱胸的他們散發出「你倒是說點什麼」的壓迫，光用視線就被壓制大概就是這種感覺吧。

「所以你解釋一下啊，把我們聚在一起的本意究竟是什麼？捉弄我們很有趣嗎？」C氣得跳腳，大聲地說。

G揚起眉毛，一副妳在說什麼鬼話的嚴肅表情說：「什麼捉弄？要是這樣誤會我，我會很難過的。」

「那G大到底有哪些部分是真實的？」B逼問G，僵硬的語氣聽起來是徹底發怒了，他喘口氣又直視著G說：「你連邀請我們上節目的階段也有介入嗎？」

「邀請A大的部分我確實有提出意見。」G從N以外的每個人眼神中感受到憤怒，忍不住後退幾步：「不是，我也沒有因為這樣就想操控該怎麼做，我只是很單純地覺得我們如果可以聚在一起，就不會孤單，也可以互相安慰啊。我的大學同學是這部紀錄片的首席製作人，剛好聊天過程中提到是不是可以做一部紀錄片，以像我這種平常都自己一個人生活的人為主角……我真的完全不知道各位是誰，啊，不過A大是我女性友人的後輩，所以我有推薦她。」

「那N大呢？你連我跟N大以前的關係也知道嗎？」C一副要吃掉G大怒瞪著

他。

「不是，我又不是什麼偵探，N大的媽媽跟我認識，我們曾見過一次面，是因為這樣才認識的。N大直到最近才第一次分享她自己的過往。除了這些以外，我真的沒有跟製作單位說過任何事情，只有提過一開始可以怎麼安排而已。」

突然傳來一陣豪放的笑聲，是D。

「難怪！我想說G聆聽他人的技巧很不一般，這在男人之中真的非常稀有，我其實覺得還不錯啊，有種免費諮商的感覺。」

G聽到D說的話瘋狂點頭：「對啊，我是真的很冤枉，讓各位不開心的部分……嗯，我可以理解，但這真的只是我的職業而已。」G心情鬱悶地敲了兩下胸口，接著說：「真是的，我又不能把這裡挖出來給你們看，我是真的很害怕我會孤獨老死，才跟朋友聊到可以企劃這種節目，然後我們又很湊巧地就這樣聚在一起，而且說真的，我也還沒到可以住進銀髮住宅區的年紀啊。」

「住銀髮住宅區幹嘛？既然都有這種財力，住在提供早餐的公寓不就好了嗎？」B沒有隱藏自己的氣憤，直接地說。

「不是吃飯的問題，是因為孤單。女性友人結婚之後，我的人生也確實變得虛無，每天都在聽著內心痛苦的人說他們的故事，結果我卻沒地方講我自己的事，所以我才會有這種需求。各位，真的就是這樣而已。」

C大嘆了口氣，幾乎要用非常銳利的眼神把G看穿。

「我覺得這不是可以這樣含糊帶過的事，即使是現在也還不遲，我們來訂一些比較細的規則吧！雖然我們是因為這個節目才認識，但總不會就這樣結束吧？」

「好，那要怎麼做？」B問道。

「罰金，首先B大已經違反私聊的規定，罰五萬韓元。」

「喔？妳怎麼知道？」

「上次A大在確認手機的時候，我剛好坐在她旁邊。我不是故意要看的，但她的聊天目錄裡有B大的個人聊天室。」

「哇，C大好狠，那我呢？」G裝出瑟瑟發抖的樣子。

「G大隱瞞了身分，罰一百萬？」

「真是的，這也未免太過分了吧？我們本來就是匿名狀態下見面的，又不是我說謊。」

「不是啊，你都住這麼好的房子了，區區一百萬只是小錢而已吧？」C轉動著眼珠，露出狡猾的表情。

「就是說啊，既然是精神科院長，一個月的收入應該好幾千萬吧？」B在一旁敲邊鼓附和。

「喔，還有D大，你上次自己隨便退出群組也不行，但這次就先放過你。如果以後沒有理由就退出群組要罰十萬韓元。最重要的是如果每天上午沒有生存報告，要罰一萬！」

「那這筆錢要怎麼使用？」B詢問。

「現在已經超過一百萬了，等累積到兩百萬就猜拳全部送給一個人？」

C才說完，大家都高喊同意。

「大家冷靜，現在B大、D大跟G大都沒有資格，違反規則的人必須排除在外。」

「欸不是，哪有這麼卑鄙的！」G氣呼呼地大喊。

「哇，C大天才喔！」N豎起大拇指，C聳了聳肩，露出得意的表情。

「真是夠了，兩位什麼時候關係這麼好了？」

G的語氣雖然是感到荒謬，但嘴角是漾著微笑的。

＊＊＊

當A意識到今天是個她再怎麼叫車也無濟於事的日子時，她也逐漸累了。雖然試著接受『原來這就是所謂的火熱星期五啊』的事實，她的身體卻發出再也撐不下去的訊號，額頭開始冒冷汗，連站著的力氣都沒有。癱坐在地的她再度按下叫車鍵，過了宛如一百分鐘的十分鐘後，終於出現要過來的計程車，簡直讓她感激涕零到想為對方祈禱的程度。當她終於坐上好不容易叫到的計程車，靠在椅背上，一股睡意襲來，她將頭倚靠著窗戶，正想著窗外的夜景很美時，卻不知不覺闔上眼睛，沉沉睡去。

不曉得過了多久「小姐，到了，快起來。」司機的喊聲讓A驚醒過來。

「怎麼流了這麼多冷汗啊？趕緊進去休息吧。」

從計程車下來的A再次意識到她的身體並不正常，每一步都過度沉重，脖子也比一開始更腫了，摸起來就像顆桌球。

「好痛。」

A不自覺說出這句話，她吃力地踩上階梯，就連手指頭的知覺也變得遲鈍，連門鎖密碼都按錯好幾次而發出嗶嗶警告聲。在她好好按完密碼，終於打開大門時，好像通過什麼任務一樣鬆了一大口氣。A連鞋子都沒脫就逕自躺在客廳地板上，雖然手機不斷傳來訊息通知聲，但她就連從包包拿出手機的力氣都沒有。

G　今天還真是高潮迭起呢，但還是謝謝大家來玩。

C　G大，為什麼我越想越覺得生氣啊？我想聽聽精神科醫師的見解。

G　我下次除了那個一百萬，再請大家吃一次飯吧，這樣你會比較消氣嗎？

C　請吃飯夠嗎？也請我們喝酒吧。

G　沒問題，我真的很冤枉，請相信我。

B　但A大有平安到家嗎？

D　對耶，剛剛看她臉色是真的很不好。

C　我來打語音看看，但我們應該是時候可以交換電話號碼了吧？

A雖然伸長了手試圖接電話，但那條路就像千里般遙遠。此時，原本響個不停的電話斷了。

C　A大沒接電話耶，會不會是吃藥睡著了？

D　她剛剛的臉色看起來很不好，應該會沒事吧？反正我今天真的非常感謝各位，雖然真的很痛苦，但至少跟大家短暫見了面，總算能喘口氣了。

B　可能就是為了這樣，G大才把我們聚在一起的吧。

G　不是，就說不是我召集你們的吼！我只有協助邀請A大跟N大而已，這個事實關係我們可要講清楚。

B　G大，你真的沒有因為這樣得到任何好處嗎？

C　我其實有件事要說。

B　什麼事？

C　我剛剛以為我開的門是廁所，結果不小心進了G大的書房，看到桌電是開著的。

B　不會吧？

C　看起來好像是在寫論文之類的東西。

G　^^……………

B　天啊G大，這個苦笑該不會是承認的意思吧？

G　啊，我確實有在寫些什麼東西，但我會先跟大家徵求許可，也會保障匿名性。

B　哇，這股背叛感該如何是好？總而言之就是有要拿來做私人用途不是嗎？

G　那個D大，你也幫我說說話吧。你是作家應該也很懂，在設定角色的時候不都會參考身邊的人物嗎？就是這種類似的脈絡啦。

C　好啦，但你是打算什麼時候才要講？要是我們沒有先發現，你會自己偷偷發表吧？

G　啊，絕對不會，我不是這麼沒良心的人，我也很重視我名聲，最近這種社會風氣如果沒得到允許就做那種事會被罵的。話說回來，鎮洙睡得還好嗎？

C　很好喔，我馬上回到我媽這裡了，他在睡覺。喔？我現在是被G大成功一波帶走話題了嗎？

A好不容易才從包包拿出手機，但不是因為好奇通知響個不停的訊息內容，而是她現在必須趕快按下緊急通話，叫救護車。一聽到對方詢問需要什麼幫助的聲音，她這才放鬆下來，睏意老是湧上，怪的是，那股聲音聽起來格外遙遠。

11/21 23:58 119為了緊急救援，已查詢您的手機定位。

在深夜的靜謐社區響起的救護車聲足以打破社區的寂靜。有人從睡夢中被吵醒，有人是用功讀書到一半，探頭出來觀望，也有人是以為社區發生什麼事情，還搜尋了網路新聞。就這樣，A被119送往了急診室。

從救護車上移動到外面時，A因為瞬間變冷的空氣而精神抖擻起來，這時，救護人員才向她搭話：「清醒一點了嗎？」

A點點頭：「我去掛號。」

A走下擔架，前往櫃檯。急診室裡有流著血被擔架運進來的人、還有抱著哭喊要離開急診室的孩子，焦急得直跳腳的父母，情況一片混亂。因為暫時沒有病床，A被引導到椅子坐下來等候。護理師量了體溫39.9度，血壓144/89，接著抽血要驗發炎指數。直到這個時候，A才終於被引導到長得像床鋪的長椅，醫生也在這時過來。

「脈搏跳得太快，會先幫妳加點水。要打點滴跟退燒劑，妳燒得很嚴重，怎麼這麼晚才來呢？等一下確認發炎指數再決定要不要拍電腦斷層掃描。」

醫生一股腦地向已經很不舒服的A唸了幾句就離開了，護理師替她架好點滴才轉身離開，可能是因為藥效發作，或是對於身處醫院的安心，A這才覺得鬆了口氣。因為是撥打119到一半才失去意識，所以她手裡還握著手機，直到現在，她才終於可以打開群組確認大家的訊息。

＊＊＊

B即使回到家也因為擔心著A，以及今天發生這些如夢般的狀況而輾轉難眠。一直盯著群組看的他發現最後僅剩的一位未讀消失後，他鼓起勇氣打了語音給A，聽到A的聲音這才終於放心，甚至快要落淚了。

「喂。」

「恩秀小姐，妳還好嗎？」

B把「很抱歉在大半夜打電話給妳，但我實在擔心得睡不著，不舒服的地方好一點了嗎？」等內容濃縮成一句話。電話另一頭似乎是發現了B的這股焦心，甚至還依稀聽到了笑聲。

「怎麼會這時間打電話啊？」

「啊，我是不是又太失禮了？我想說群組的1消失了，妳應該還沒睡……啊我又太擔心了就……」B的聲音所參雜的迫切感讓A又忍不住噗哧一笑。

「我剛剛還真的是鬼門關前走一回了。」

＊＊＊

掛斷電話後，B也不知道自己是怎麼跑來這裡的。這地方離家不遠，感覺也叫不到計程車，所以他一股勁地跑了過來。雖然天氣相當陰涼，但他卻沒有感受到半點寒冷，在他覺得快喘不過氣的時候，總算抵達急診室，然後徘徊許久才終於找到A。

「妳還好嗎？」B看起來好像什麼歷經風霜的人一樣，扭曲著一張臉問，然後也不自覺地抓住了A的手。

「啊，沒事，我打點滴就活過來了，真的沒事。但那個……你的手。」

A看著自己的手說，B這才匆忙地放掉。

「還真的很久沒有人這麼擔心我了。」A笑著說，B這才總算安心。

「但妳是哪裡不舒服？」

「說是急性扁桃腺發炎。」

「啊，我剛剛就應該跟妳一起出去的。」

「沒這麼誇張啦，我打完點滴就要回家了。」

B在A打點滴的這兩個多小時時間裡默默等待著，在A不小心睡著又醒來時，看到陪在自己身邊打盹的B，她心裡浮現許多想法。

『我還可以再去依靠另一個人嗎？』

不曉得是不是發現了A的心思，從淺眠中醒來的B看著A露出微笑。此時，護理師過來。

「楊恩秀小姐，妳可以回家了。」

A撐起身體，B做出一副要攙扶她的架勢。

「我不是腳受傷。」A覺得這樣的B很可愛，不自覺笑了出來。

「啊，但……妳可能會覺得累嘛。」

「我覺得B大看起來比我還累喔。」

B趕緊擦掉嘴角的口水：「我、我沒有打瞌睡。」

A笑出聲，B難為情地搔搔頭。

「不過啊，恩秀小姐，妳可以不要叫我B大，改叫我的名字嗎？池宣皓。」

雖然有點暗又不算太暗的夜晚正在閃閃發光。

＊＊＊

G　生存。

A　生存，雖然差點死了一回。

B　生存。

C　生存！A大還好嗎？

A　嗯，現在沒事了，我凌晨去了趟急診室。

D　哎呀，A大，現在沒事了吧？我也還活著喔，哈哈。

N　生存！哇，大家都為了不要付一萬塊才這麼快回答嗎？

B　喔對，我要坦白一件事，我又跟A大私聊了。

C　什麼啊，你們在交往嗎？

N　噢耶！再加五萬，B大總共十萬喔。

B　還沒有。

C　還沒有又是什麼意思？G大，把這些人都趕出去，我們加一條禁愛令吧。

B　欸，哪有這樣的？

C　哪沒有？這裡有啊。

G　C大說得對，兩位如果真的交往就要退出這個群組，因為你們沒資格說自己孤單了。

B　啊，真可惜，我覺得這邊很有趣耶。

C　那請不要談戀愛。

B　這個應該不容易喔。

G 是可以離開群組，但如果這裡有情侶誕生，我個人加送洗衣機跟烘衣機。

B 讚啦～

A 但以後我們見面的時候，可以做點其他事情嗎？除了聊天以外的。

C 例如什麼？

A 可以一起去露營，或是去公園做早晨瑜伽，希望可以一起做點好玩的事。

B 也要邀請新人進來嗎？

A 對，可以輪流提出想法，當週可以參加的人，以及想參加的人都能來。

B 朋友們也可以來！哇，那這樣搞不好可以進行招募耶。

G 感覺很好玩。

B 那下次一起聽音樂好嗎？

A ？？？

B 我從以前就很喜歡聽歌謠，1970年代到2000年代真的有很多寶藏歌曲，雖然其他東西我不敢保證，但我們家的音響是挺貴的小傢伙。

A 那要一起看電影嗎？

G 真是夠了，要約會的話請你們倆自己約好嗎？

N　下次我有件想做的事。

D　什麼事？

N　平語時間，不喝酒，改喝茶。

C　喔！我覺得很讚。

G　這怎麼感覺有點復仇的味道啊？那我可以退出嗎？

N　不行。

A　G大是必須出席的，也請務必把我們組長帶來，不然就要罰一千萬！！

G　真的太過分了吧！你們不能這樣捉弄大人欸，年紀越大越容易玻璃心，你們知道嗎？

經過吵吵鬧鬧的昨天，來到早上，從紀錄片開拍到一起收看首播，G心想：『我的人生還可能再發生一次這種事嗎？』單純是出於好奇才開始的事朝著不在預期內的方向進展，讓N加入後他還刻意挑釁對方，偶爾也會因此內疚。但可以肯定的是，他也被大家感染、被影響、變得熟悉，也變得期待。G下定決心要把這份論文提交給學會，當然，那會是在取得大家的同意之後。

我們每個人都是不完整的個體，並且渴望在情感面依靠他人。在鬆散關係中所能感受到的某種解脫，會對個人傷痛的治療造成何種影響？在沒有偏見的關係中，能更順利地展現自己，透過這個過程察覺自身情緒的真面目，進而讓我們有所成長。

G打完最後一段文字，露出微笑。

韓流精選 8

歡迎光臨我的孤獨

제 고독에 초대합니다

歡迎光臨我的孤獨 / 丁敏仙作 ; 黃千眞譯. -- 初版. -- 臺北市 : 春天出版國際文化股份有限公司, 2025.08
面 ; 公分. -- (韓流精選 ; 8)
譯自 : 제 고독에 초대합니다
ISBN 978-626-7735-46-6(平裝)

862.57 114009286


ISBN 978-626-7735-46-6
Printed in Taiwan



作 者 丁敏仙
譯 者 黃千眞
總 編 輯 莊宜勳
主 編 鍾靈

出 版 者 春天出版國際文化股份有限公司
地 址 台北市大安區忠孝東路4段303號4樓之1
電 話 02-7733-4070
傳 眞 02-7733-4069
E－mail bookspring@bookspring.com.tw
網 址 http://www.bookspring.com.tw
部 落 格 http://blog.pixnet.net/bookspring
郵政帳號 19705538
戶 名 春天出版國際文化股份有限公司
法律顧問 蕭顯忠律師事務所
出版日期 二〇二五年八月初版

定 價 399元

總 經 銷 楨德圖書事業有限公司
地 址 新北市新店區中興路二段196號8樓
電 話 02-8919-3186
傳 眞 02-8914-5524
香港總代理 一代匯集
地 址 九龍旺角塘尾道64號 龍駒企業大廈10 B&D室
電 話 852-2783-8102
傳 眞 852-2396-0050